トム・クランシー＆
スティーヴ・ピチェニック
伏見威蕃／訳

殺戮の軍神（下）

God of War

扶桑社ミステリー
1654

TOM CLANCY'S OP-CENTER:
GOD OF WAR (Vol.2)
Created by Tom Clancy and Steve Pieczenik
Written by Jeff Rovin

殺戮の軍神（下）

登場人物

チェイス・ウィリアムズ――――元オプ・センター長官

ハミルトン・ブリーン――――陸軍少佐。ブラック・ワスプのメンバー

グレース・リー――――陸軍中尉。ブラック・ワスプのメンバー

ジャズ・リヴェット――――海兵隊兵長。ブラック・ワスプのメンバー

ワイアット・ミドキフ――――アメリカ合衆国大統領

マット・ベリー――――大統領次席補佐官

トレヴァー・ハワード――――国家安全保障問題担当大統領補佐官

ジョン・ライト――――アメリカ合衆国次期大統領

アンジー・ブラナー――――政権移行チームのリーダー

ベッカ・ヤング――――公衆衛生局長官

シヴァンシカ・ラジーニ――――大統領科学顧問

ジャネット・グッドマン――――堆積学者

ユージン・ファン・トンダー――――マリオン島前哨基地南アフリカ海軍即応部隊

ティト・マブザ――――南アフリカ海軍ヘリコプター・パイロット

マイケル・シスラ――――同即応部隊通信士

カティンカ・ケトル――――宝石学者

クロード・フォスター――――鉱物探査収集調査会社(MEASE)のトップ

トビアス・クルメック将軍――――南アフリカ国防軍情報部部長

グレイ・レイバーン中佐――――南アフリカ海軍健康管理部部長

バーバラ・ニーキルク――――南アフリカ保険相

18

大西洋上空　アメリカ・アフリカ軍のC‐21輸送機

巨大な輸送機の窓の外は暗く、ウィリアムズとブリーンは座席で眠っていた。

グレースとリヴェットは、眠っていなかった。ふたりはいっしょに座り、自分たちが行く二島の地図を研究し、温度――気温と水温――と風、植物相、動物相の統計を確認していた。グレースが、デジタル画像とデータをスマートウォッチにダウンロードしたイエメンの作戦は、あまり組織立っていない集団に対して、移動しながら組み立てたものだった。プリンス・エドワード島の任務では、中国軍を相手に行なうので、徹底的に準備しておきたかった。

発信者のIDなしで、国防兵站（へいたん）局からかなり頻繁（ひんぱん）に最新情報が届いていたが、ふたりの任務に関係がある事柄はほとんどなかった。ふたりがもっとも関心があるのは、分単位で更新される気象情報と気温だった。武道も狙撃も、氷上などの滑りやすい環境では本領を発揮しづらい。

「小さいほうの島に使われていない小屋が二棟あり、マリオン島に前哨基地がある」リヴェットがいった。

「最初に前哨基地を偵察するほうがいい」グレースが提案した。「中国軍が抑えたい通信機器があるはずよ」

「同感。やつらはどんな上陸部隊を使うかな?」

「人数は多いと思う。だから、用心深く接近しないといけない。中国軍は自分たちの存在を隠していないから、見張りを配置しているでしょう」

「こんな低温なのに? 風もあるのに?」

「中国人は栄誉のために戦う」グレースはいった。「男らしさ、ナショナリズム――〝面子〟を立てたいのよ」

「LAのギャングとおなじだな」リヴェットはいった。「まあ、とにかくここはだいぶ田舎みたいだ」とジョークをいった。

「南アフリカへ行ったことがあるの?」

「おれの知る限り、先祖も行ったことがない。ケイジャンはほとんど行かないさ。おれたちはフランスから北アメリカに来たっていう話だ。あんたは行ったことがあるのか?」

グレースは首をふった。「亜南極には行ったことがない」

「でも、寒冷地向けの訓練は受けているだろう」

「アラスカでね」グレースはいった。

「ここもおなじだろう。もっと南のほうとはちがうだろうが」

「どうやってわたしたちをそこへ運ぶのかしら」グレースはいった。

「トリニダードでは敵とばったり出遭った。パラシュート降下はやらせたくないだろう」

グレースが笑みを浮かべた。「楽しかったけどね」

「あんたは甲板(かんぱん)におりて暴れた」リヴェットが指摘した。「この島だとそうはいかない。やつらに見つかる」

「墜落現場を調査する民間人にまぎれ込ませるつもりなんだと思う。島でなにかが起きているとしたら、犯人は捜査を免れたいはずよ」

「たしかに。おれたちは、毒物のことも心配しないといけない」リヴェットがなおもいった。「ガスマスクを付けて働くのはつらいな」

「それに、暗い」グレースがいった。「そういうマスクはたいがい色付きガラスよ。わたしたち、海に落ちるかもしれない」

「サンディエゴ水族館で、アシカといっしょに泳いだことがあったから、うまく泳げるよ」リヴェットが、ジョークをいった。

グレースが、リヴェットの顔を見た。「ほんとうに泳ぐつもり？」

「いや。でも、これにはいい訓練になった。ちがうか？」

リヴェットのいうことには一理あった。グレースは、自分が決めたルール以外のルールには従わない。ニューヨークのチャイナタウンで育ったグレースは、すさまじい威力のまわし蹴(け)りを必殺技にして、男性中心のカンフーにはいり込んだ。コロンバス公園の飛び入り方式の試合に参加して投げ技をかけられ、豹拳(ひょうけん)を食らって、そのときに正しい倒れかたを身につけた。そして、打撃を受けるのを避けるのに、小さな体と速度を利用するすべを工夫した。さらに、筋力に頼る相手を圧倒するのに、体幹のエネルギーを引き出す方法と技を研究した。

十歳でやっとマルベリー・ストリートのエレベーターがないビルにあるカンフー学校に入学したときには、グレースは力強い女道士として、ビッグ陰(イン)と呼ばれるようになっていた。

マット・ベリーからの最新情報が、ブラック・ワスプ全員の電子機器に届いた。プリンス・エドワード島とマリオン島に武装した中国人がいることを、それが示していた。

「くそ。中国語はできる？」リヴェットがきいた。

「北京語なら」

「方言？」

「中国の公用語よ」グレースは答えた。「地方の言葉の広東語とはちがう」

「それじゃ、だれかに出くわしても話ができるね」リヴェットがいった。「捕まったときには、おれはあんたの捕虜だといえばいい」

年齢と育ちのちがいによって、リヴェットが自分とはまったく異なる人生観を抱いていることに、グレースは驚いた。リヴェット兵長は、人生を映画のように捉（とら）えている。すべてが一場面、一幕、ひとつのコントなのだ。

「中国人とは戦いたくないんじゃないか？」リヴェットがきいた。

「中国人？　いいえ、わたしは相手の顔を見ない。丹田でマイナス要因だと感じる。無意識に攻撃する。説明するのは難しいわ」

「あんたのいったことはさっぱりわからないけど、悟ってるわけだね——おれはちがう。ときどき考えるんだ。昼間も、暗視装置でも、望遠照準器でも――相手が見える。相手が撃とうとしてなかったら、撃ち殺すのをためらうかもしれない」

「わたしもそうしたいけど、理由はちがう。その相手が情報を知っているかもしれないからよ」グレースは話をつづけた。「有害物質防護スーツ(HAZMAT)のマスク越しでは、相手の目が見えない。バイザーが光を浴びるような位置に相手が移動するよう、仕向けるつもりよ」

ベリーからのべつのメッセージで、会話は中断した。グレースがブラック・ワスプについて気に入っていることのひとつだった。ウィリアムズは最年長だし、立場はベリーが上だが、全員がおなじ情報を受け取って、戦術の検討と実行に利用できる。

グレースとリヴェットは、それを読んだ。バッティング橋への攻撃と、推定死者数についての情報だった。ほかにもあった。

> 南アフリカ海軍特殊作戦チーム(SASP·OP)が派遣される。詳細は以下のとおり。中国に対する攻撃的な状況が予想される。

「おれが心配してたことが現実になった」リヴェットがいった。

「わたしも考えていた」

「ちがうよ、ほんものの戦いになるっていう意味だ」リヴェットはいった。「ランチのあいだに、南アフリカの指導者たちについての資料を読んだ。メアリ・アン・フェト提督は、アパルトヘイトの最中に登場した。十歳のときにはもう詐欺的な行為をやっていた。この一件に巻き込まれたら、だれを斃すべきか、考えたほうがいい」

グレースは、前の座席に押し込んであった武器に目を向けた。鍔付きのナイフが二本。一本は鋸刃。腰につける星形手裏剣入れ。棍棒を用いるフィリピンの武術エスクリマ用の短い棒。

「わたしは、やろうと思えば〝気絶させる〟ことができる」グレースはいった。「あなたがやることは、なんでも血を見る」

「ちょっと待って。麻酔薬入りのダーツがほしいといったら、なんていわれたと思う？〝ああ、ジェイムズ・ボンドのやつだな〟。できるだけ音をたてたくないといったら、四〇口径の毒入りダーツ用エアガンを渡された。話がずれてる」

「だれがそうしたの？」グレースはきいた。「敵を気絶させるとしても、そいつをよそに運ぶか、意識が戻るのを待って訊問し、最後には殺さなければならない。口を割った人間は生かしておけない」

「キャンプ・ペンドルトンのパードレ・ヒルでは、狙(ねら)いは悪くないといわれたよ。宣教師のような同情心があると」リヴェットは、足もとのジムバッグに入れてある自分の武器を見た。「人殺しの伝道師なんて、いるのかな？」

「国に帰ったら、テンプル騎士団についての本を読むといい」グレースはいった。「あなたなら、テンプル騎士団にぴったりかもしれない」

「騎士？」

「かもしれない」グレースはくりかえした。自分のタブレットに目を戻した。「南アフリカ海軍(SAN)の資料を読みたい——国防総省(DOD)に戦術の動画があるはずよ」

「作戦規定(SOP)もあるだろう」

「彼らが規則どおりにやることに命を懸けたくない」グレースはいった。「カンフーの基礎を編み出した師父と会ったことがある。師父はハーレム出身で、アフリカのズールー族の戦いと踊りの技を学んで、自分の少林寺拳法に取り入れた。堅固でありながら流れるような動きよ。この連中がわずかでもそれを身につけているようなら、わたしは知りたい」

リヴェットが、馬鹿(ばか)にするようにいった。「狙いをつけて撃つっていう程度の技しかないだろう」

ふたりは無言で研究をつづけたが、どちらも心の底からふたつのことに驚嘆していた。ひとつはリヴェットとグレースが、攻撃的な男の〝陽〟ともっと巧妙な女という〝陰〟でバランスを保っていることだった。ふたつ目は、たぐいまれな叡智と英断で、軍がふたりを組み合わせたことだった。ふたりは宇宙のさまざまな力をみごとに釣り合わせていた。

自分たちはミニマリスト戦闘に熟達した完全無欠な未来をもたらすだろうと、グレースは前にも増して確信した。

19

サイモンズ・タウン　南アフリカ海軍司令部
十一月十二日、午前一時五十六分

敷地とその向こうの海が見えるかなり広いオフィスは、メアリ・アン・フェト提督が目撃し、触れたが、創造したわけではない歴史の記念物で飾られていた。

ネルソン・マンデラやウィニー・マンデラと映っている若いころのフェトの写真や、マンデラ夫妻が枠入りの大きな旗をフェトに捧げている写真があった。フェトの師だった元陸軍参謀総長ギルバート・レベコ・ラマノ将軍の署名入りの写真もあった。アパルトヘイト反対を勇敢に唱えてノーベル平和賞を受賞した聖公会司祭デズモンド・ツツから授与された十字架も飾られていた。

フェトは一九八〇年に志願実習生として海軍に入隊し、一年以内に正式な水兵になった。ウォリアー級ミサイル艇の〈ガレシェウェ〉および〈シャカ〉に乗り組んでから、ゴードンズ・ベイの南アフリカ海軍大学で士官養成課程を受けた。戦術と戦略で国家資格を得て、二〇〇七年にミサイル艇〈アダム・コック〉に配属された。南アフリカ国立軍事大学の統合上級指揮幕僚課程と国防研究課程を経て、フェトは海洋戦闘局の副長官に就任した。海戦などないので、〝閑職〟だと見なされていた。だが、とにかく南アフリカ海軍は、非白人の女性がトップの地位を得たと、誇らしげにいうことができる。

つねにもっとも偉大になりかけた、もっとも偉大にはなれなかった。

それが自分の墓碑銘になるだろうと、五十五歳の海軍少将は空想していた——それが真実らしく思えるように、小さな字で刻む。フェトが選んだ職業で偉大になるのに必要なのは意欲ではなく、チャンスだった。好戦的に完全な主権を握るべきだと歯に衣を着せずに論じるフェトは、支援されず、いままではそのチャンスがなかった。

この一時間以内に、その停滞が一変した。けさまでフェトのレーダーに捉えられていなかった男からの贈り物で一変した。その男からの電話をきっかけに、フェトは自分の指揮下では前例がなかった軍事動員を開始した。これほどすばやく開始された任務はいままでにはなかったし、これほど目的意識がはっきりしている任務もなかった。

それをいま、フェトが取り仕切っている。

これほどあわただしくなかったら、フェト自身が誇らしげにいい触らしていたはずだった。

プリンス・エドワード島が感染源の可能性があり、中国が関心を抱いていることを、フェトは南アフリカ国防軍情報部長トビアス・クルメック将軍本人から知らされた。クルメックがいったように、フェトが〝中国を封じ込めたいという意図をはっきり示している〟からだった。

クルメックには、なにをやるかをフェトに命じる権限がなかったが、命じるまでもなかった。上層部が介入するおそれもなかった。どういう成り行きであって、軍事行動に失敗すれば、フェトの軍歴が終わるだけのことだった。成功すれば――軍事面と国民の指示という面で――上層部が手柄を自分たちのものにするだろう。

フェトはそれでもかまわなかった。墓碑銘の嫌な言葉を書き換えられることができれば、それでいい。

フェトは、フリゲート〈イサンドルワナ〉を、空軍と連繫してサーブJAS39グリペン戦闘機二機とともに、プリンス・エドワード島に派遣するつもりだった。グリペンは最高速度がマッハ2で、離陸から二時間以内に現地に到着する。マウザー製のB

K‐27二七ミリ機関砲には百二十発が装弾されている。一三・五センチ・ロケット弾四発、AIM‐9サイドワインダー空対空ミサイル六基を搭載し、レーザー誘導爆弾とクラスター爆弾も搭載できる。フリゲートは到着までさらに時間がかかるが、遠距離からの攻撃も可能で、OTOメラーラ七六ミリ主砲一門、デネル三五ミリ連装両用機銃一基、エリコン二〇ミリ機銃二門にくわえ、エグゾセ対艦ミサイル四連装発射機二基、地対空ミサイル八連装垂直発射器二基を備えている。〈イサンドルワナ〉の艦長は、それらの兵装を思う存分使用できる。フェトがそういう権限をあたえたのは、レオン・ジョーダン艦長が中国の拡張主義を彼女以上に嫌っているし、なにかが起きる可能性がおおいにあるからだった。

「あなたの艦か戦闘機に対して敵性行為に呼ぶか、われわれの島の主権を尊重するのを拒んだ場合には、侵略と見なして、国際法とわが国の交戦規則の許す範囲で対応しなさい」

国際法も交戦規則も、部隊司令官には、攻撃と攻撃予告も含めた手段で、将兵、艦艇、航空機を外国の軍事行動から護る権利があるとしている。南アフリカの海洋法は、そういう行動は権利であるだけではなく義務であるとしている。

フェトとジョーダンは、フリゲート〈イサンドルワナ〉と中国のコルヴェット

〈上饒〉の戦闘能力を入念に比較した。ジェット戦闘機の支援もあるので、この遭遇では南アフリカ艦が中国艦を圧倒するはずだと確認できた。中国はひきさがるにちがいないと、ふたりは確信した。

細菌か微生物とおぼしい作用物質が、その地域を攻撃した可能性があるという問題を、フェト提督は軽視していなかった。それに、任務に危険が伴う可能性があるといっただけで、クルメックがそれに言及しなかったのも意外だった。生物兵器だと考えられたわけではないが、恐ろしい事態に好奇心をかきたてられて、司令部では一日ずっとその話でもちきりだった。

クルメックは、べつの部門にその調査を依頼していて、問題をややこしくしたくないのかもしれない。あるいは、情報将校の習性で、話し合う必要がないことは口にしないだけなのかもしれない。いずれにせよ、出動するチームやパイロットにはHAZMATマスクを用意し、上空には毒物が残っているかもしれないので、低空飛行するよう命じると、フェトはクルメックに約束した。ヘリコプターに乗っていた前哨基地の将校の経験と、バッティング橋の事件から判断すると、この微生物は短時間で威力が弱まるようだった。

フリゲートの乗組員全員に行き渡る数のHAZMATマスクはなかったが、ガスマスクは標準装備だった。それで乗組員は守られると、フェトは確信していた。それに関して、ジョーダンは現場で臨機応変にやるしかない。

ジョーダンはためらわず前進するだろうと、フェトは思っていた。

手配がなされると、廊下の先の戦況表示室で壁のモニター八台に映っている生動画とデジタル地図を見ている同僚たちのところへ行くために、フェトはデスクの奥から立ちあがって、軍事行動を主唱している海洋外交戦略部長が注意事項を告げるにちがいない。艦隊参謀長と艦隊準備部長も出席していて、助言と注意を口にするだろう。

だが、艦隊参謀長はクルメックに促されて、フェトがこれまでずっと望んでいたチャンスをすでにあたえていた。中国の脅しに屈するのはぜったいに嫌だった。しかし、ルート参謀長の口頭命令にはひとつだけ怪訝（けげん）な事項があった。付近を飛行するはずの先進型ホーク練習機は無視するようにといわれた。その練習機はルートの直接指揮下にあるし、武装していないと説明された。

「観測と偵察が任務だ」ルートはフェトにそう請け合った。

問題はなかった。ホークは高速だが、グリペン戦闘機ほど速くはない。グリペンのほうが先に到着するはずだった。

フェトは制帽をかぶり、気を静めるために息を吐きながら立ちあがって、陽の当たるオフィスを出て、人工照明しかない第一戦況表示室に向かった。

20

大西洋上空　アメリカ・アフリカ軍のC‐21輸送機

　取引は単純で、知っているのは四人だけだった。ミドキフ大統領、発案者のベリー、南アフリカ海軍のステファン・ルート参謀長、そしていまチェイス・ウィリアムズが知らされた。

　だれも失うものはない。現場のチームはべつだが。ウィリアムズはベリーの説明を聞きながら、そう覆った。

　ベリー大統領次席補佐官のその連絡で、ウィリアムズは目を醒ました。だが、いっこうに気にならなかった。長時間の前に体を休める必要はあるが、詳しく立案しなければならないことが数多くある――バーバラ・ニーキルクに接触する方法も含めて。

　とにかく、グレースとリヴェットのための作戦の範囲は明確に決まった。プリンス・エドワード島とマリオン島の中国軍の活動について国家偵察局(NRO)のリアルタイム情報を提供する見返りに、アメリカ人工作員ふたりが二島に潜入して活動することを、ルートは承認した。プレトリアのターバ・ツワーニ統合基地にC‐21が着陸したあと、グレースとリヴェットはマリオン島まで飛行機で運ばれて、非公式に平らな袖口(フラット・カフ)と呼ばれている場所ですみやかに降機する。パイロットたちは、〝じゅうぶんに平坦(フラット・イナフ)〟なので、そこをよく使っていた。

そこはプロペラ機の時代に地面が均されたが、環境保護活動家が飛行場の完成を阻んだ。北と南に低い山があり、この時期はつねに南風が吹いているので、〝じゅうぶん静かに〟接近できると、ベリーはいった。

降機する前に、グレースとリヴェットは機内の酸素供給装置からガスマスクに切り換えることになっていた――もっとも、高度が低く、風がつねに吹いているので、感染するおそれはほとんどなかった。

ベリーとの話を終えて、ブラック・ワスプの三人に説明する前に、ウィリアムズは中国軍の動きの最新情報にはじめて目を通した。

「旅客機の墜落が、中国には口実になっている」ベリーはいった。「事件の解決を手伝うためにいるといえる」

「まんざら嘘(うそ)ではない」

「南アフリカの即応部隊を指揮している女性提督は、空とぼけている中国人を憎んでいる」ベリーはいった。「ブラック・ワスプは用心して動かなければならない。ことにグレースは。南アフリカ海軍(SAN)の下のほうの人間は、われわれが関与することを知らされないだろう」

　グレースが中国系だということを、ウィリアムズは思いもしなかった。だれかに分類されない限り、人間はみんなおなじなのだ。

「自殺行為になるかもしれないにせよ、ブラック・ワスプに関するあなたの考えかたからすると、だれかを現地に派遣せざるをえないのでは？」

「目的を明確にしてほしいという意味だな？」

「ええ」

「微生物」ベリーはいった。「中国軍が現地にいて、ロシアが監視している。わかっている限りでは、ロシアは部隊を派遣していない。東欧で起きていることに対処するのが精いっぱいで、中国の主張に介入できない。どんな代償を払ってでも、阻止(そし)し、それを手に入れてくれ、チェイス――両方ともやる必要がある」

　感染して死に、隔離された、ブラック・ワスプの隊員の冷たい遺体に残された微生物でもいいから、手に入れろということだと、ウィリアムズは心のなかでつぶやいた。たとえそうだとしても、ベリーを責めることはできない。敵がこの微生物を手に入れたら、際限なく脅迫と悪用ができる。

グレースやリヴェットと話をするために、ウィリアムズは機内を移動した。ブリーンが目を醒ましていたので、三人に加わった。ブリーンはウィリアムズのそばで通路に立った。ブリーフィングのあいだずっと、ブリーンは珍しくうわの空だった。携帯電話を確認し、窓の外を見て、ひどく落ち着かないようすだった。

ウィリアムズは、説明を終えてから、ブリーンに意見を聞いた。

「意外なことはなにひとつない」ブリーンがいった。

「しかし?」

「あなたが眠っているあいだに、ふたりは研究していました」グレースとリヴェットを指差して、ブリーンはいった。「わたしは機密・重要区画化情報（TS/SCI）ファイルにあるベッカ・ヤング公衆衛生局長官からの長いメールを読んでいました。有効な情報がないので、当たることにしたんです」

一括機密・重要区画化情報ファイルは、秘密取扱資格がある情報・国防関係者すべてが閲覧できる。情報共有を促すために、9・11後に制定された仕組みだった。

「ヤング長官は、理論上でしか存在しないある微生物が、空気中では長く生きられないというこの問題を研究していました」

「研究？　どうやって？」

「それに該当する性質で、これまで存在がわかっている微生物やウイルスを使って、シミュレーションしたんです。それをよろこんで迎え入れる、栄養のある環境――つまり体内――で活動し、それがなかったら死滅するようなものを使って。博士は既知の標本十三種類を選び、これまでにわかっている二度の〝攻撃〟のコンピューター・シミュレーションを行ないました。それで、報告を書くだけの材料があると考えたんです。このことすべてには、問題がひとつあります」

ブリーンが話を進めるうちに、ウィリアムズの懸念は強まった。ブリーンはそもそも、冷静で、論理的で、合理的な人間だった。それが、いま目の前に立っているブリーンは、そうではなかった。感染の話をしているのにふさわしく、なぜかそういう気分も伝染した。合いの手を入れずにはいられないリヴェットまでもが、ブリーンの不安に影響されているようだった。

「どういう問題？」リヴェットがついにきいた。

「サンプルのうち四種類は死ななかった」ブリーンがいった。「不活性になっただけだった。ヤング長官は書いている。一定の状況では、微生物は空高く上昇し、そこで弱まって、きわめて小さな危険要因になる。下降して人間の活動と交わることはありえない。しかし」ブリーンは強調した。「上昇プロセスは、横方向に吹く風よりも熱した上昇気流が強いかどうかに左右される」

「つまり、まだ地表に近いところにいるかもしれない」ウィリアムズはいった。

「でも、死んで、じっとしているんだから、どうってことはないよね？」リヴェットがきいた。

ブリーンは、リヴェットの顔を見た。「死んではいない。ヤング長官がいうサンプル四種類は、不活性になっただけだ。宿主を見つければ、また活動する。あっというまに」

「つまり、バッティング橋で解き放たれた微生物は、ふわふわ浮かんで――風に乗れば、どこへでも行くかもしれない」グレースがいった。「大洋を越えるかもしれない」

「そうだ。ことに上昇気流が季節性か、まったくない地域では」

「東か西へ行く。そして、照準器のどまんなかに戻る」リヴェットが考えながらいった。「不活性工作員（スリーパー・エージェント）みたいだ。潜入して、おれたちを吹っ飛ばす準備をしてる」

「わかった。これに関しては、まだなにもかも憶測の段階だ」ウィリアムズはいった。

「瞬(またた)く間にそれが人間を殺すことはべつとして」グレースがいった。

「犬を散歩させてたら、突然倒れて死ぬかも」リヴェットが相槌(あいづち)を打った。

「どちらも事実だが、それが起きる仕組みがわかっていない」ウィリアムズはなおもいった。「南アフリカのひとりもしくは複数の人間から情報を集め、中国がサンプルを手に入れようとするのを防ぐのが、われわれの任務だ。心配するのは、ヤングや疾病予防管理センター(CDC)など――専門の知識や能力を備えた連中にまかせよう」

ウィリアムズの意図よりも部隊指揮官めいた言葉になったが、自分たちがコントロールできないことについて仮定の筋書きを思い描くのは、チームにとっていいことではない。ブラック・ワスプは階級を重んじていないが、それでも、おのおのが目の前に任務に集中しなければならない。

ウィリアムズに確実にいえることは、それだけだった。どんな犠牲を払っても、どんな手を使っても、サンプルを手に入れなければならない。

21

南アフリカ　プリンス・エドワード島
十一月十二日、午前四時三十分

レイバーン中佐は、中国のＲＨＩＢの操舵室で数時間、仮眠できたのがありがたかった。

立ったまま計器を確認し、海を観察し、コルヴェットからの指示を受信している中国海軍の水兵に囲まれて、レイバーンは亜鉛メッキされた甲板に座っていた。マスクの下の自分の呼吸音がうるさく、彼らの話はほとんど聞こえなかった。体を楽にしてすこしでも眠ろうとするあいだ、大脱出微生物のことしか考えられなかった。それに、ＲＨＩＢがずっと揺れているせいで、吐き気がこみあげた。だが、吐くわけにはいかない。危険を冒してマスクをはずすことはできない。

引き潮になり、活動を開始しなければならなくなった。レイバーンは目を閉じていた。下士官がブーツの爪先で蹴り、拳銃をふって、合図した。

　レイバーンは膝を曲げていたので、すぐには動けなかった。ようやく苦労して脚をのばし、立ちあがり、操舵室の外の寒さに備えた。水密戸があいたとたんに、すさまじく冷たい突風が襲いかかり、黄色いＨＡＺＭＡＴスーツがはためいた。パーカーだけでは体の暖かさを維持できなかっただろうが、密封されたＨＡＺＭＡＴスーツのおかげで、体温を奪われるのをすこしは防ぐことができた。

　レイバーンと拳銃を持った下士官は、岩壁の不自然な採掘跡に向けて、用心深くゆっくり進んでいった。片方がボールピーン（金属を叩いて曲げるのに使う球形の部分）の小さな手斧を持った水兵がついてきた。コルヴェットがもっと南へ行くときにこびりつく氷を割るために使うのだろうと、レイバーンは思った。

　また探照灯がつけられ、黒い岩を白光が照らして、十九世紀の画家ドレのエッチング――『老水夫行』の挿絵――のような情景になっていた。苦悶する顔が、氷や岩に刻まれるか、勢いよく砕ける高い波に一瞬、現われた。岩壁が湾曲しているので、波はさまざまな方向にぶつかって跳ね返り、たいがい寄せたときよりも高く弧を描いていた。

すり減ってなめらかになった氷の小さな塊が海に浮かび、ときどき波に高く持ちあげられて割れていた。

手斧を持った水兵が、巻いて舷側のフックにかけてあったロープからビニールの覆いをはずした。ロープは横に固定してあった救命具につながっていた。水兵はロープを救命具からはずし、手斧を腋に挟んで、全員の腰にロープを巻きつけた。溺れないように用心しているのか、逃げないようにするためなのか、レイバーンにはわからなかった。どうせどこへも行けないのだが、中国人の性向として、責任逃れのためにそうしたのかもしれない。

飛沫を浴びているので、ロープの結び目があっというまにきつくなり、ほどきにくくなるはずだと、レイバーンは気づいた。ロープでつながれているものは、運命をともにすることになる。

手斧を持った水兵が、最初に岩に登った。つぎがレイバーン、最後が拳銃を持った下士官だった。拳銃は不要だと気づいたらしく、下士官は右脚のジッパー付きポケットにしまい、防水のフラッシュライトを持った。

三人が足場を見つけ、先頭の水兵が、HAZMATスーツが破れないように用心しながら、岩場の大きな割れ目に手をかけた。そろそろと進みながら、穴の開口部をボールピーンで軽く内側から外側に叩いた。破片が三人の足もとに落ちて、海にポチャンと落ちた。開口部がかなり大きくなると、水兵は下士官と場所を変わり、フラッシュライトを受け取って、人工の割れ目をうしろから照らした。ロープにゆとりがあり、岩の上で動く余地があったので、レイバーンは歩いたり滑ったりしながら、下士官の横へ行って、下を覗いた。

レイバーンは吐き気を催したことがないわけではなかったが、これほど気分が悪くなったおぼえはなかった。嘔吐の苦みと恥辱と涙が、おなじくらい強くこみあげた。エクソダス・バグの容器を収めたコンクリートのケーソンの頑丈な蓋が、眼下でチーズのようにぼろぼろになっていた。ケーソンは、自然の岩盤を墓のようにくりぬいたところに収めてあった。大型の容器はほとんどが、満潮のときに溜まった海水に沈んでいた。

レイバーンは下士官の手首を握って、なかがもっとよく見えるように、フラッシュライトの向きを変えた。六つの容器のうちふたつが、酸によって腐食していた。

ここに来た人間はそれを見ていないはずだ。その連中は宝石の鉱床を違法に捜していて、岩壁に手動のドリルで三つ穴をあけたのだ。彼らにも見えたはずだが、レイバーンはフラッシュライトの明かりで、細氷のようなものを見た。酸を使った人間は、自分たちの工具で掘削できるように岩を溶かそうとしたにちがいない。酸が岩盤を溶かしてなにを解き放つことになるか、気づいていなかったのだ。

用心深い地質学者のやることではないと、レイバーンは怒りをこめて思った。密猟者のようなやっつけ仕事だ。

悲劇的なことに、ここを掘削した連中は、レイバーンが微生物を埋めたのとおなじ理由から、この場所を選んでいた。シップ・ロックは足場がいいし、だれかがようすを見にくるおそれがない。

自分とこれをやった盗掘者のどちらが非難されるべきなのか、レイバーンにはわからなかった。

ここから容器を取り出すのは難しいだろう。満潮になるまでにやるのは無理だ。水面近くで岩を掘削するしかない。

横に立っている下士官に、手ぶりでそれをわからせようとした。下士官はずっと観察していて、首をふり、レイバーンともうひとりの水兵に、ＲＨＩＢに戻るよう命じた。レイバーンはためらい、ＲＨＩＢのほうをふりかえって、探照灯から目を守るために手をかざした。甲板に水兵がふたり立ち、五・五六口径のＣＱアサルトライフルを持っているのが見えた。

岩壁を撃って吹っ飛ばすつもりなのだ。

「やめろ！」レイバーンは、マスクの下で叫んだ。「容器が壊れるかもしれない。また放出され――」

「閉嘴（ビーズイ）」

下士官が黙れと叫ぶのをレイバーンは聞いた。怒りのこもった仕草で、下士官がＲＨＩＢのほうを示した。言葉の意味はわからなくても、ＲＨＩＢに戻れと命じているのはわかった。それをはっきりさせるために、下士官が拳銃を抜いた。

レイバーンは、岩壁で体を支えて向きを変え、命令どおりにした。手斧を持った水兵がつづき、下士官もつづいた。三人ともＲＨＩＢに戻ると、アサルトライフルを持った水兵二人が、レイバーンといっしょに穴を覗いた下士官の大声の命令を聞いた。下士官が指差し、水兵ふたりがうなずいた。

まだロープでつながれた三人がうしろにさがり、アサルトライフルを構えた水兵ふたりが岩壁を撃ちはじめた。弾丸と岩の破片が甲高（かんだか）い音をたてて四方に飛び散り、揺れる円錐（えんすい）形の光芒（こうぼう）の向こうで火花が空を照らした。レイバーンが用心深く見ていると、岩の一部がもぎ取れて、ケーソンが収まっている場所の岩角が砕けた。コンクリートのケーソンが徐々に姿を現わした。探照灯の光が潮の流れとともに揺れ、影が動いて、ケーソンが呼吸しているように見えた……まるで生きているかのように。

不意に一斉射撃が中断し、探照灯がひとつ消えた。一瞬の静けさのあとで、上の砲から一発の銃声が響き、もうひとつの探照灯も撃ち砕かれた。

ＲＨＩＢの甲板にいた男五人は、にわかに自分たちの敵になった闇(やみ)のなかで、身じろぎもせずにいた。

ユージン・ファン・トンダー中佐は、数時間前から、だれとも無線交信できなくなっていた。サイモンと連絡できるとは思っていなかったが、前哨基地からも連絡がなかった。だれも応答しない。

それとおなじように不可解だったのは、本土から飛行してきたとおぼしいヘリコプターが、真上を通過し、着陸せずにマリオン島へ向かったことだった。地上のファン・トンダーのヘリを見落とすはずはなかった。バッテリーが切れるおそれがあるのは承知のうえで、航行灯をつけてあったので、リンクスは見えるはずだった。

ファン・トンダーは愕然(がくぜん)として、ここにある毒物について司令部は詳しいことを知っているのではないかと思った。シスラは避難したのかもしれない。ヘリコプターがマリオン島の東で給油して飛び立ったのなら、ここからは見えないし、音も聞こえない。

マブザが眠っているあいだ、ファン・トンダーは、マスクをかけてじっとしているほかに、なにもやることがなかった。そのうちに説明がつくだろう。海軍でファン・トンダーが学んだ教訓は数多くあるが、そのひとつは、なにをやるにも時間がかかるし、何事も船乗りが満足するような速さで進みはしないということだった。

短い睡眠をとるために、ファン・トンダーはときどき暖房をつけざるをえなかった。寒さで目が醒めたとき、北にある岩棚の下のどこかから、かすかな光が発していることに気づいた。午前二時をまわっていたし、光はすぐに消えたが、風で体が冷えないように、できるだけしっかり体をくるんで、調べにいくことにした。手袋を胸のところにつっこみ、両手はポケットの奥に入れた。一日に二度、哨戒しているので、地形は頭にはいっていて、崖っぷちがどこにあるか知っていた。

岩棚へ行き、見おろすと、小さな船らしきものが近くにとまり、波に揺られていた。灯火が消えていたので、はっきりとはわからなかった。それに、ずっと眺めてはいなかった。二分の一海里ほど東に、ファン・トンダーが学んでよく知っているたぐいのシルエットと灯火が見えた。中国のコルヴェットだ。

ファン・トンダーは、愛国心から怒りをおぼえ、個人的な恨みから、復讐したくなった。あの連中のせいで、マブザが死ぬかもしれない。ヘリコプターが着陸しなかったのは、コルヴェットを見たからだ。前哨基地が沈黙しているのも、そのせいだろう。

ファン・トンダーは、ヘリコプターに戻り、夜明けを待つことにした。武器が使える状態だというのを確認するほかに、やることはなにもない。

下から銃声が聞こえたとき、ファン・トンダーはふたたび機外に出た――今回は、不格好で重いが強力な重機関銃を持っていた。銃声は、マブザが目指していた場所から聞こえた。中国軍がそこでなにをやっているのか、ファン・トンダーにははっきりとわかった。そこにあるなにかを手に入れようとしているのだ。

そうはさせない。

敵は三〇メートルほど下のＲＨＩＢに乗っていた。ファン・トンダーは、その男たちではなく、探照灯に狙いをつけた。探照灯ふたつがたてつづけに砕け、ファン・トンダーは伏せて頭を岩棚からひっこめた。応射があるだろうと思ったからだ。

応射はなかった。

中国海軍は急に南アフリカ海軍が恐ろしくなったのか、それとも目標に近づいたので、それを達成するのに専念したいのだろうと、ファン・トンダーは思った。たぶん、あとのほうにちがいない。

ファン・トンダーは、じりじりと進んで、下を見た。

いまではフラッシュライトが使われていて――ライトは男たちのひとりの蔭になっていたので、撃つことができなかった――銃撃で崩れたシップ・ロックの岩壁のそばに三人がかたまり、ひざまずいていた。ひとりが壁に手をつっこみ、もうひとりがボートの手摺をつかんでいた。臓器を運ぶときに使うクーラーボックスのようなものが、その男に渡された。暗いので、ファン・トンダーにはよく見分けられなかった。

ファン・トンダーは、状況を慎重に考慮した。

彼らは不法侵入した軍隊だ。侵略部隊なのか？　ここで撃ち殺したらどうなるのか？　コルヴェットが攻撃を開始するだろうか？

冷たい岩に伏せたまま、ファン・トンダーはＲＨＩＢの後部に重機関銃の狙いをつけた。燃料タンクがそこにあるはずだ。燃料が燃えあがったら、あのＲＨＩＢはどこへも行けない。

ファン・トンダーは、ふたたび発砲した。

弾丸が船体に当たって火花が散るのが見えた。まだ暗かったので、どれほど損害をあたえられたかは、見きわめられなかった。水兵の反応でわかるはずだ。

今回、甲板の中国人が応射した——岩棚よりも下で、ファン・トンダーを狙ってはいなかった。ファン・トンダーはうしろにさがった。それが相手の狙いだったにちがいない。

マブザをヘリコプターからおろして、崖の上からボートの艇尾に向けて機体を突き落とすことができればいいのにと思った。そうすれば、やつらはどこへも行けなくなる。

下からの叫び声が、ファン・トンダーの耳に届いた。なにか異変が起きたのだ。自分の射撃のせいか、それとも岩壁のなにかのせいか、判断がつかなかった。さっきよりもゆっくりと、ファン・トンダーは崖っぷちへ這っていった。

叫び声は、岩壁のそばから発していた。フラッシュライトの光がでたらめな方向を向くので、稲妻の光のなかで地形を見届けようとするくらい難しかった。だが、見えた——あるいは見えたと思ったものは——悪夢が現実になったような光景だった。

22

南アフリカ　イースト・ロンドン
十一月十二日、午前五時五分

　カティンカ・ケトルは寝過ごした。

　朝陽が山の上に昇って目が醒めたが、ゆっくり休めた感じがしなかった。昨夜だけではなく、この一週間、へとへとになるまで働いたからだ。こんなに長い航海や、プリンス・エドワード島の海岸線の人間を寄せつけない猛烈に寒い環境に、カティンカは慣れていなかった。

　休息できてもできなくても、起きて、ＭＥＡＳＥへ行き、発見したものをどうするか、考えなければならない。完全に充電できた携帯電話の電源を入れ、顔を洗った。髪を洗う時間がないのが残念だった。一度洗っただけでは、海水のにおいと汚れを落とせないし、〈テリ・ホイール〉の火災のにおいも消えない。

ナイトスタンドのところに戻り、携帯電話のメールボックスには目を通さなかったが、フォスターから十一回、電話がかかっていたことに気づいた。携帯電話でニュースを見てからかけ直すつもりだった。〈テリ・ホイール〉の爆発のことが報じられたかどうか、知りたかった。なにもなければ、南アフリカ海軍のウェブサイトを調べて――。

「ええっ？」

ニュースのヘッドラインがカティンカの目を捉えると同時に、喉をわしづかみにした。ニュース――唯一のニュース――が、バッティング橋での謎の攻撃と、それが南アフリカ航空の旅客機の墜落と関係があるかもしれないと伝えていた。

また声が出るまで、一瞬の間があった。

「どうしてなんの脈絡もなくそこで起きるのよ？」

そうは思えなかった。つじつまが合わない。病原体が〈テリ・ホイール〉からナフーン川まで浮遊してきたのなら、どうして途中の河岸の住宅や会社すべてにはなんの影響もなく、バッティング橋で事件が起きたのか？

その可能性はない。しかし、ほかの可能性がある――。

「だれかがばら撒いた」カティンカは低い声でいった。首をふって、その考えを打ち消そうとした。「だめ。そんな馬鹿な——それほど自暴自棄になっていないと、いってちょうだい」

だが、その考えは消えなかった。

息が荒くなり、煙草をやめなければよかったと思った。カティンカは気を引き締めて、南アフリカのニュース局の記事全文を読んだ。イースト・ロンドン警察署に匿名の電話があり、攻撃があるかもしれないと警告した。カティンカは、ニュース24やBBCに切り換えた。すべておなじ情報と、おなじ電話の書き起こしに加え、防犯カメラが捉えた衝突した自動車のぼやけた画像、墜落するヘリコプターの画像、破壊された橋の画像があった。川に危なっかしく雑然と折り重なっている残骸のあいだを進む、HAZMATスーツを身につけたチームの映像もあった。近づくのを禁止されているので、代表取材の記者がその映像を提供していた。

カティンカは口が渇き、目に涙が浮かんだ。

「そうよ」カティンカはいった。病原体で金儲けすることを考えていた。「でも、売るつもりだった。撒き散らすのではなく」

カティンカはベッドにドサッと座り、力の抜けた両手を膝に置いた。携帯電話がカーペットの上に落ちた。フォスターがどれほど貪欲になれるか、カティンカは知っていた。何年もいっしょに働くあいだに、フォスターの心に棲む悪魔たちのこともわかったと思っていた。フォスターはダイヤモンド・カルテルを憎悪している。カルテルの独占を許している当局を憎悪している。だが、普通のひとびとを憎んではいなかった。フォスターはそのふたつを秤にかけて、なんの罪もない南アフリカ人を見捨てることにしたのか。

「そうよ。そうとしか考えられない」

カティンカは泣き出した。こんなことは予想もしていなかった。そんな個人の恨みとはかかわりのない推測を見つけようとした。べつの何者かが、墜落現場で毒物を見つけたのかもしれない。

「誇大妄想」真実を察して、カティンカはつぶやいた。フォスターはそれに取り憑かれているのかもしれない。「神さま許して。わたしはとんでもない力を彼にあたえてしまった」

ほんの一瞬だが、MEASEのほかのだれかがサンプルを手に入れてばら撒いたのかもしれないと思った。社員のだれかが。盗み聞きされたのかもしれない。カティンカが思いがけず現われたとき、フォスターの愛人のひとりが、どこかに隠れていたのかもしれない。

「そんなことはどうでもいい」カティンカはつぶやいた。起きてしまったことだし、それを可能にしたのは自分なのだ。つぎの手立てを考えなければならない。なぜなら、フォスターかべつのだれかが――サンプルをまだ持っている。

自分のサンプルを持って官憲に行き、研究するチャンスをあたえるべきだろうかと思った。

「いいえ。サンプルは川から引き揚げる遺体から大量に採取できる」カティンカはいった。「でも、わたしが関係しているのがばれたら、逮捕される――協力すれば、そうならずにすむかもしれない」

あるいは、破滅するかもしれない。フォスターの幅広い人脈の傭兵や仲間が、微罪で逮捕され、見せしめのために最大限の刑を科せられるのを、カティンカは何度も目の当たりにしていた。

そのとき、とてつもなく恐ろしいことに、カティンカは気づいた。官憲に協力するようなことを阻止するために、フォスターはだれかをよこすかもしれない。

「いいえ」カティンカはその考えを口にした。「それには時間がかかる。もっとも有能な傭兵は、〈テリ・ホイール〉で死んだ」

だが、そういう戦闘員を雇える男、女、武器商人が、ほかにもいる。ことにスワジランドにニカス・ドゥミサがいるから、無尽蔵の人殺しがいるアフリカの部族の暗殺部隊から何人でも雇うことができる。

逃げて、計画を練るのがいいかもしれない。サンプルを持っていく。ほかに方法はない。フォスターがいずれやってきて、容器を見つけ、カティンカにべつの魂胆があることを知るはずだった。それは死刑執行令状にひとしい。

あるいは姿を消し、フォスターの手にはいらないようなやりかたで売る。

「逃げる」カティンカは、自分にいい聞かせた。「いますぐ」

カティンカはすばやく服を着た。スウェットシャツとズボン。それから、持ち物をいくつか集めて、バッグに入れた。逃げたのをフォスターは知るだろうが、この恐ろしい行為と結び付けられたくないからだと思うはずだ——できればそう思ってほしい。

カティンカが、服や身の回り品が散らばっているベッドの足の側に立ち、空のカンバスのバッグにそれらの荷物を詰め込んだとき、呼び鈴がなった。カティンカはベッドからぱっと離れて立った。カティンカが付き合いのある人間は多くないし、近所の住人に知り合いはいない。

呼び鈴のあとで、力強いノックがあった。

カティンカは落ち着こうとしながら、携帯電話を探し、古い〈アディダス〉のそばにあるのを見つけた。携帯電話を取って、コードを抜き、なにも考えずにぼんやりと寝室から出た。

「いま行く」カティンカはいった。

窓のそばで立ちどまり、正面の歩道を見た。ポリエステルのカーテンをあけはしなかったが、壁のそばに寄りかかって、その下から覗いた。

また気分が悪くなった。

来たのは警察だった。

23

南アフリカ　プリンス・エドワード島
十一月十二日、午前五時二十分

頭のなかで波の音が轟々と響き、ＲＨＩＢの船外機が金属と金属がぶつかって裂けているような奇妙な音をたてている闇のなかで、グレイ・レイバーン中佐は作業をつづけていた。そうするしかなかった。中国海軍下士官が、切羽詰まった声でせかしていたし、もうひとりの水兵が、必死で壁の下のほうをくぐろうとしていた。

レイバーンは、ひろげた穴から岩の塊をひっぱり出すのを手伝っていた。両手でかかえた塊を、海に投げ込んだ。貪欲な塊のせいで、海が荒れたように思えた。それと同時に、その下の部分で岩が内側に崩れ、やはりそれを海が不愉快に感じたのか、波が高くなって、崩れかけた岩壁が凍り付いたように見えた。そのとき、高い波がすさまじい勢いで砕けて、岩壁が崩壊し、手斧を持った水兵が岩壁もろとも倒れた。水兵は前のめりになって、下に落ち、マスクがコンクリートにぶつかった。命綱のせいで、レイバーンと下士官が前にひっぱられた。ふたりともひろがった穴の横で岩壁にぶつかり、それが崩れないことを祈った。岩壁にぶつかり、ぽっかりとあいた大きな割れ目に向けてひっぱられるあいだも、ふたりは岩をがっちりつかんで離さなかった。とにかく、もう命綱にはひっぱられてはいなかった。手斧を持った水兵がケーソンの蓋にぶつかったときに、ロープがたるんだのだ。

前に滑っていったときも、下士官はフラッシュライトを握っていた。足場を見つけ、ロープの遊びがなくなるまで岸壁から遠ざかると、下士官は穴のなかを照らした。

穴に落ちた水兵は、死にかけていた。レイバーンにはそれがわかっていたし、下士官にもわかったようだった。ロープをひっぱって引きあげようとはしなかった。壁が崩れて、その男のそばに落ちるのを恐れ、ほとんど動こうとしなかった。

だから、ふたりはただ見守っていた。

異様な死にざまだった。水兵は両手で体を起こそうとしたが、そのとき背中がガクガク揺れはじめた。一瞬、そのままの姿勢でいたが、体のふるえがはげしくなり、力が抜けて、腹這いになった。背中の揺れは収まらなかった。

咳（せき）をしているのだと気づいて、レイバーンはぞっとした。

やがて、内臓が激しく痛んでいるかのように、男の左膝が体に引き寄せられた。内臓が崩れはじめ、激痛を味わっているのだ。

つぎの瞬間、男は水からあげられた魚のようにバタバタ跳ねはじめた。頭が前後左右にガクガク揺れ、体の下のコンクリートを指が食い込みそうなくらい強くつかんだ。やがて出血し、太い楔型（くさびがた）の血の流れがマスクから出て、ひろがっていたもっと濃い血だまりと混じった。血の一部がケーソンの横からにじみ出て、酸でできた穴に流れ込んだ。

エクソダス・バグが血を手に入れた。

体の組織の大部分が液状化するあいだ、細かい動きやふるえがつづいていた。レイバーンは激しい衝撃を受けたが、科学者の習性で魅入られたように観察していた。微生物は長い歳月を生き延びただけではなく、理解しがたいことに、行動が迅速（じんそく）になっていた。それを創りあげたレイバーンは、そうなった理由を知りたいと思った。

これを阻止する方法を見つけるには、理由を突きとめなければならない。

穴のなかの水兵の体が動かなくなると、骨格を除いた体の組織はほとんど体外に出て、抜け殻となった死体の内部には、なにも残っていないにちがいないと、レイバーンは推測した。

すぐにわかる。死んだ水兵が動かなくなり、残っていた臓器が流れ出さなくなると、下士官は部下たちのほうを向いて、なにかを叫んだ。ゆっくりと赤らむ空を背景に、その男たちはただの黒い影にしか見えなかった。彼らは銃を構えて崖の上を見張っていたし、とにかく穴のなかは見ていなかった。そしていま、死んだ水兵は、下士官の目的の役に立つ。

中国海軍の下士官は、片手でフラッシュライトを持って、そろそろと岩壁から離れ、ロープがぴんと張るところまで後退した。フラッシュライトをあちこちにふり、岩壁やまわりを照らした。レイバーンはその合図を理解した。おなじように、ロープのたるみがなくなるところまで後退した。

下士官がなかば凍り付いた粗いロープを空いた手でつかんでから、フラッシュライトで自分を照らし、おなじようにしろとレイバーンに合図した。

当然そうする、とレイバーンは思った。

穴のなかで死んでいる水兵のおかげで、サンプルの回収が楽になった。

レイバーンは膝を曲げて、足にもっと力をこめられるようにした。ぬるぬるの岩の上で、ゴム底のブーツを踏ん張れるようになった。下士官がおなじようにして、一度うなずいた。前に進んで死体を引きあげようとはしなかった。ゆっくりと、慎重に、苦労しながら、あとずさった。ロープがひろげた穴の下の縁でこすれ、切れるおそれがあったが、ほかに方法はなかった。岩の破片が落ちたが、ロープを着実にたぐり寄せることができた。一分後には、死体が見えた。

レイバーンが予想していたとおり、おぞましい光景だった。HAZMATスーツの前面は密封されたままだったが、死人の内臓や血が跳ねまわっていた。下士官がジッパーをあけて、それを海に捨てるのではないかと、レイバーンは思った。

そうはしなかった、異様な光景に恐れをなしたからではなく、用心のためだろう。死体のどこで微生物が生きているのか、見当がつかない。

死体が岩盤の上に出ると、RHIBの水兵が遺体袋を持ってやってきた。レイバーンはぎょっとしたが、RHIBに遺体袋があるのは、そんなに驚くべきことではなかった。中国軍は海賊を発見すれば射殺する。死んだ海賊は遺体袋に入れ、錘（おもり）をつけて海に沈める。

三人をつないでいたロープが切られ、遺体袋に密封された死体は、RHIBに運び込まれた。あわただしいやりとりがあり、手ぶりで指示がなされた。船外機がいまも不機嫌にうなっていた。

上からの射撃で船外機が損傷したのだと、レイバーンは思った。

みごとな射撃だと思った――まちがいなく、ファン・トンダーの働きだろう。

下士官が手をふって不安を払いのけ、死体を収納するよう命じた。コルヴェットに無線連絡し、状況を伝えるにちがいない。目的のものは確保したのだ。コルヴェットにそれを運ぶはずだ。


彼らの上のほうで、ファン・トンダーが嫌悪にかられながら、朝陽が昇るなかで中国海軍チームが行なっていた、墓の盗掘者じみた活動を見守っていた。船外機の覆いに機関銃弾でこしらえた凹(へこ)みが見えた。船外機は紙やすりをこすっているような音をたてていたが、RHIBはなんとか航行できるかもしれなかった。

ボーア人が最後に戦った戦争は百年前で、イギリス人が勝利を収め、屈辱的なフェニーニヒング条約が結ばれた。ファン・トンダーは、この侵略者たちに対しておなじ歴史がくりかえされてはならないと、腹の底から思っていた。

中国人たちは、夜明けの薄暗がりのなかで、華奢(きゃしゃ)で危険な荷物を運ぶのに手間取っていた。彼らが遺体袋をようやくRHIBに乗せたとき、この距離からブローニングM1919重機関銃で損害をあたえていたことを知って、ファン・トンダーはほくそ笑んだ。

操舵手が夜明けの淡い光のなかで位置につくのを、ファン・トンダーは不安のにじむ顔で見守った。

ＲＨＩＢの船外機が耳障りな音をたて、ガタンという金属音が聞こえた。回転が落ちた。もう一度、もっとゆっくりと始動したが――やはり金属のぶつかる音が響いた。操舵手が船外機の回転を落とした。三度目の始動はなかった。

プロペラが船底にぶつかっているような音だと、ファン・トンダーは思った。ガソリンタンクだと思ったところには命中しなかった。だが、それはどうでもよかった。ＲＨＩＢはここを離れられない。無線でコルヴェットに救援を求めるしかないだろう。

ようやく満足したファン・トンダーは、ヘリコプターに戻った。

24

南アフリカ　イースト・ロンドン
十一月十二日、午前五時二十一分

長身で年配の南アフリカ警察の警官ふたりが、カティンカの家でドアの前に並んで立っていた。つらそうな、いらだっている表情だった。ふたりにとって――警察署にとっても――過酷な一夜だったにちがいない。

路肩にとまっていたパトカーは一台だけだし、警官はなかに押し入ろうとはしなかった。カティンカが恐れていたこととは、関係ないのかもしれない。

ひとりが制帽の鍔に触れた。「クロード・フォスターさんからの連絡で、あなたがナフーン・ビーチに違法駐機しているオートジャイロのパイロットだとわかっています」

それを聞いて、カティンカは体の力を抜き、笑った。ほっとしたからでもあり、地元警察がどうでもいいことを優先しているからでもあった。

「移動します」カティンカは約束した。

「フォスターさんから、べつの指示がありました」警官がいった。

そういうことだったのかと、カティンカは思った。フォスターはよく〝旗(フラッグ)〟保安体制という言葉を使う。捜査でフォスターの名前が浮上したとき、困った状況を取り除いた警官には、一カ月分の報酬が支払われる。この警官ふたりは、報酬を得るために、国家の非常事態とは関係ないことをやりにきた。

「聞かせて」カティンカはいった。

「空港のヴァンダーミア・レンタカーの駐車場を予約してあるとのことです」警官がいった。「ご存じだと、フォスターさんはいいました」

「ええ、わたしたちは……そこに車を供給しているから」

「よかった。両側に赤い旗を立ててあるスペースがあります。片付いたと報告できるように、ビーチへお連れしたいのですが」

カティンカは、行きたくなかった。もっと考える時間がほしかった。

「あとで、自分ひとりでいくわ。そうすれば――」

「マーム、これはお願いではないんです」警官が遮った。「きょうはもっと緊急の任務があるんです。おわかりでしょうが」

「そうね」カティンカは答えた。「ごめんなさい。考えが足りなかった」

荷造りはできないし、コアサンプルを持って北へ飛んでいくこともできない。それに、フォスターが待ち構えているにちがいないと思った。これは前からフォスターが仕組んでいた計画の一部なのだろう。官憲にフォスターのことを通報できる人間は、カティンカしかいない。

カティンカは、ドア脇のテーブルからキーを取り、警官ふたりのあとからパトカーへ行った。犬を散歩させていた男が立ちどまって眺めた。警察が住人を家から連れ出すのは、この閑静な界隈ではめったにないことだった。

五分後、カティンカはビーチにいた。

「高度五〇〇フィートを上限に、いったん西へ飛んでから北に向かうほうが安全だと指示されました」オートジャイロまでいっしょに歩きながら、警官がいった。

「どういうデータで、そう計算されたの？」カティンカはきいた。

警官がカティンカの顔を見た。「マーム、わたしに答えられるような質問なら――」

「いいわ、なにもない。ありがとう。気をつけて」

「感謝します」警官が答えた。

二分後、カティンカは空にあがっていた。そのときにようやく、パトカーが離れていった。

「フォスターの囚人にはなりたくないけど、コアサンプルを持たないで逃げることはできない」カティンカは、考えたことを口にした。

三つ目の選択肢があると、急に気づいた。あまりにも単刀直入なので、考えつかなかったのだ。

「悪事ばかりやっていると、そうなるのよ」カティンカは、自分を叱(しか)った。

これまで、どんなことでもやってきた。

「たいしたことはない」考え直してそうつぶやいた。プリンス・エドワード島で違法な採掘をやり、ヨットを爆破した――どうにかして隠蔽(いんぺい)できるはずだ。「毒物のことを知ったけど、安全に保管してる。適切な政府機関に渡すつもりだったといえばいい」

ポケットで携帯電話が振動した。カティンカは画面を見た。

「くそ」

フォスターからだった。

「まあいいわ」カティンカはいった。「無視して当局に行くか、それとも電話に出て着陸するか」

電話に出ることにした。自分の置かれている立場を知るほうがいい。

「おれの電話に出なかった」フォスターがいった。「礼儀知らずだな」

「オートジャイロに乗っているのよ」カティンカは、にべもなくいった。

「知っている」フォスターがいった。「クロニエ巡査が知らせてきた」

「なにを望んでるの?」カティンカはきいた。

「わかるだろう。これに関わってもらうつもりだった。おれが創造した計画の一部に」

「やりたくない。どれにも。ほかにいうことは?」

「ある」フォスターがいった。「あの警官が、おれが使った容器をおまえの家の裏の倉庫に置いた。飛んでいるあいだ、おまえにはそれをどうにもできないし、時間もない。起爆装置を仕掛けてあるから、おまえが指示どおり着陸しなかったら――えー、七分三十三秒後に爆発する。おれはそこへ行って、装置を解除する。おまえがどうにかしてそのサンプルのところへ行けて、投げ捨てたとしても――毒物から逃げられるかどうかわからない。しかし、おおぜいが死に、官憲はだれが犯人だったかを知る」

カティンカは、オートジャイロの底が抜けて落ちていくような心地を味わった。それでも脳の一部はしっかりいていて、操縦をつづけた。

「どうしてこれをやったの?」カティンカはきいた。「どうしてわたしは気づかなかったのかしら?」

「おれがおまえなら、反社会的な結論よりも着陸に専念する」

カティンカは怒って電話を切り、時刻をたしかめた。

「七分もない」携帯電話の画面から目を離し、二〇〇フィート下の地形を見ながら、カティンカはいった。住宅や低い工場の屋根越しに空港が見えた。その南にレンタカー会社の駐車場がある。着陸するのに、空路を横断する必要はない。

「それも計画していたんだわ」

四分以内に着陸するはずだった。フォスターがその駐車場を選んだもうひとつの理由がわかった。着陸してからカティンカが逃げようとしたら、フォスターは容器をあけ、旅行者と空港で働いている人間が死ぬ。とてつもない数の死者が出る。

接近すると、フォスターのバンが見えた。フォスターが腕組みをして、のんびりした態度で、ボンネットに寄りかかっていた。

フォスターの行為は極悪非道で、何年も尽くしてきたカティンカを騙して利用したことは理解を超えていた。オートジャイロが赤い旗を立てたコーンのあいだで接地すると、富を手に入れたいという願望が、ほかのなにかに取って代わられるのを、カティンカは感じた。

罪悪感はとてつもなく強く、フォスターを破滅させ、フォスターの計画を打ち砕きたいとカティンカは思った。

25

南アフリカ　プレトリア
ターバ・ツワーニ統合基地
十一月十二日、午前六時十九分

「海沿いが縄張りのガキなのに、空にこんなに長くいるなんて」

飛行場を横切って、輸送機からべつの飛行機に乗り換えるとき、リヴェットはまんざら文句をいっているわけではなかった。空を飛ぶのはかまわないが、長旅で狭いところに閉じ込められていると、シートの背もたれを引き裂きたくなる。グレースといっしょにC‐21からおりて、先進型ホーク練習機で空にあがると、リヴェットのそういう気分がころりと変わった。

キャノピーの下で後部座席にのんびりとおさまったリヴェットは、大きな目からブーツのなかで反射的になんの意味もなく曲げている爪先に至るまで、よろこびに満ちあふれていた。ホークは甲高い爆音をたててマッハ１近くで飛んでいたが、インド洋の上を低空飛行しているせいで、よけい速く感じられ、スリリングだった。グレースが乗るホークは間を置いてあとから離陸したので、いつものいたって冷静な表情が変わったかどうか、リヴェットにはわからなかった。変わらないだろうと思った。だが、リヴェットは口が裂けそうな笑みを浮かべていた。

ウィリアムズやブリーンとはあわただしく別れの挨拶(あいさつ)をした。それでよかった。指示や説明は、リヴェットには退屈なだけだった。リヴェットは骨の髄(ずい)まで生き延びる性向が染み付いていた。行けるところへ行き、自由にやって、役立つことを望んでいた。

これはそれに近いと思いながら、リヴェットは暗い海が流れ過ぎるのを見守った。汚れていない白いヘルメットのヘッドセットで、コクピットと管制塔の通信を聞いていただけで、リヴェットはパイロットと話をしなかった。酸素吸入装置付きなので、理論上は、旅客機が墜落した空域を通過しても安全なはずだった。それでも、この微生物は大気中を上昇するようなので、大事をとって低空飛行しているのだろうと、リヴェットは思った。

それに、これだけ水面近くを飛べば、中国艦のレーダーに探知されないかもしれない。生まれ育ったサンペドロを飛んでいるのなら、コクピットにレイアップショットを打ち込むところだ。

リヴェットは左右を見たが、軍艦は見えず、貨物船が数隻(せき)航行しているだけだった。中国やロシアの艦艇を避けられるような進路を飛んでいるのかもしれない。理由はわからなかった。このジェット機が上空を通過すれば、問題の島にいる中国人には音が聞こえるし、見えるはずだ。

それに、上空を飛ぶことはまちがいない。そもそも南アフリカの領土なのだ。その場合、中国軍は荷物をまとめて出ていくだろうかと思った。そうしないことを願った。ブラック・ワスプがたえず動き、敵を避けなければならなかったイエメンとはちがい、悪党を狩る許可を得ているところへ行くことが、気に入っていた。

C‐21の眠りを誘う低い爆音をずっと聞いていたあとだけに、ジェット戦闘機の溶鉱炉並みの轟音(ごうおん)は、興奮をつのらせた。離陸から、リヴェットがこのフライトでもっとも気に入った着陸まで、それがつづいた。ホーク練習機は、コルヴェットを大きく迂回(うかい)し、東から着陸地点に接近した。探知を避けるためではなく——レーダーには捉えられないはずだった——フラット・カフに直角に最終進入を行なうためだった。

パイロットが、目的地の岩棚に機首を向けた。前後の座席に高低差があるので、リヴェットはパイロットの頭の上から前方を見ることができた。島があまりにも早く近づいてきたので、それが死ぬ前に見る最後の光景になるのではないかと思った。リヴェットは右に目を向けた。凍れるブルーの水面がどちらの側にもあり、つづいてアザラシらしき生き物でひしめく砂利浜を越えた。その先の地表はすさまじい速さで流れ、茶色とグリーンと灰色がスープのように溶け合ってぼやけていた。リヴェットは思わず腕を左右に押しつけ、キャノピーを固定している細い金属部分でつっぱった。

左右を低い山が流れ過ぎたが、そんなに近くはなく、速さも落ちていた。エンジンの音が斜面から反射し、キャノピーが振動し、やがて座席の下でキックオフがあったような鈍い音が響いた――だが、ハーネスを締めているので、体は跳び出さなかった。衝撃が背骨を伝わって、頭蓋骨の付け根を揺さぶった。エンジンが咆哮し、ジェット機の速度がたちまち落ちた。小石が対空砲火のように着陸装置に当たって、その鋭い音が騒音をいっそうやかましくした。

そのとき、不意に機体が停止し、リヴェットの体にハーネスが食い込んで、また首がガクンと揺れた。気を取り直すひまはなかった。リヴェットはヘルメットをはずして、呼吸装置のマスクをかけた。そのあいだにキャノピーが低い音とともにあき、パイロットが左腕をあげて、左主翼を指差した。リヴェットはハーネスのバックルをはずし、よろよろと主翼の上におりた。後部に搭載されたターボファンエンジン一基のための空気取入口二カ所のうち、左翼側の取り入れ口がシューッという音をたてて空気を吸い込み、コクピットからリヴェットが銃のバッグを出すあいだ、主翼が細かく振動した。機体から落ちる土と草のかけらが文字どおりふるえていた。

リヴェットは、主翼に腰かけ、空気取入口に吸い込まれないように、うしろ側から滑り降りた。それから、バッグふたつをつかみ、急いで遠ざかった。キャノピーが閉じた。リヴェットはパイロットといっさい口をきかなかった。

リヴェットは、冬用の窮屈な防寒服に慣れるために、C-21に乗っていたときからそれを身につけていた。保温性の高いつなぎと、コットンのオーバーオールを着ていた。その上に、断熱フード付きの薄手の黒い防寒パーカーを重ねた。スパイクのような突起がある防水の編み上げブーツのグリップ力に感心した。裏付きの戦術手袋をはめているので、手がかじかむことなく撃つことができる。極地用呼吸装置のマスクには、氷点下で縁がすこし硬くなり、皮膚が擦り剝けるおそれがあるという注意書きが添えられていた。リヴェットは、マスクを脱がずにすむことを願った。

とにかく、リヴェットは心構えと任務への備えができていた。

その平地には風雨をしのぐ場所がなかったので、リヴェットは小走りに南へ進んだ。風が東のほうへ押そうとしたが、リヴェットは抵抗した。バッグから銃やホルスターを出し、光る部分が敵のパトロールに見つからないようにバッグを岩で覆うためにしゃがんだ。ウィリアムズかベリーから連絡があるかどうか、携帯電話を確認した。新しい情報はなかった。ふりむかなかったが、エンジンの回転があがる音が聞こえた。その爆音は、来たときとはちがって海ではなく陸地を越えて、低い山の向こうで反響し、隠れていた鳥の群れが空に向けて飛び立った。

リヴェットは、イエメンの焼け付く砂漠や港の倉庫にいるほうが、落ち着くことができた。ここはロサンゼルスとはまったくちがうだけではない。恐竜か青銅器時代の鍛冶場(かじば)か、その両方が存在していてもおかしくないくらい荒涼としている遠隔の地だった。

リヴェットが乗ってきたホークが飛び去り、エンジンの音が遠ざかるのとほとんど同時に、グレース・リー中尉を運んでくるジェット機の音が聞こえた。リヴェットは、スレートを砕いてこしらえた私道のような斜面に立っていた。そのホークは、リヴェットが乗っていたホークとまったくおなじ進路をたどり、接地するとちぎれた草が舞いあがった。停止したとき、しばしそれに包まれていた。グレースが降機するのを、リヴェットは見守った。グレースは主翼に腰かけず、そのまま跳びおりた。バッグは持たず、バックパックも背負っていなかった。必要なものはすべて、体にストラップで留めてあった。

グレースがまっすぐ走ってきたので、着陸するときにリヴェットを見つけたにちがいなかった。グレースがリヴェットのところへ来る前に、ホークは離陸していた。原始時代と変わらない、風と遠い磯波の音とけたたましい鳥の鳴き声が、あとに残された。

グレースが、スマートウォッチのコンパス機能で方角を確認してから、島の地図を見た。マスク越しに叫ぶのではなく、軍の標準のハンドシグナルで意志を伝えるようにすると、ふたりは機内で決めていた。

グレースが、走る速度をゆるめ、立ちどまらずに、腕をまわして移動するようリヴェットに合図し、右手でさっと南西を指差した。グレースは走りつづけ、リヴェットはあとを追った。

やはり心構えができてる、とリヴェットは思った。それに、指揮をとってる。

ふたりは谷間から出た。マスクをつけていたので走りづらく、速度が鈍った。コンパスを確認したグレースが、標高約一五〇メートルの山を越えることにした。リヴェットは、子供のころは山歩きをやったことがなく、ロッキー山脈でサヴァイヴァル訓練を受けただけだったので、これも新奇な経験だった。前哨基地がある海岸近くに達する前に、脚がだるくなった。

海を反射する朝陽にシルエットになっている基地の建物が見えたとき、ブラック・ワスプのふたりの携帯電話が振動した。

グレースが掌(てのひら)をかざして、腕をまっすぐうしろにのばした。リヴェットがそれに応じて立ちどまり、ふたりはメールを確信した。国防兵站局からの匿名の情報更新だった。

中国軍の活動位置、最初の伝染源のシップ・ロック
そこで再感染の可能性あり

関係ない、とリヴェットは思った。そこはもうひとつの島にあるが、どのみちマスクはかけたままにする。

また進みはじめたとき、身を低くするようにとグレースがリヴェットに合図した。自分の目を指差してから、海のほうを指差した。

鳥のほかに、なにが見えるんだよ？　リヴェットは思った。

　低い山を迂回せず、ふたりはもっと見晴らしがいい高みへ行った。グレースがふたたび停止を命じた。グレースは腰に双眼鏡を取り付けていたが、昇る朝陽が逆光になっていたし、バイザーが邪魔になるので、いまは使えない。だが、かなり距離があり、朝陽がまぶしかったものの、リヴェットはグレースが見つけたものに気づいた。平屋の前哨基地の横に南アフリカ軍のヘリコプターがとまり、朝陽を反射していた。そこまで約八〇〇メートル離れていた。

　グレースがふりむいてうなずいた。リヴェットはうなずいて応じた。有効な移動手段に使えると意見が一致したのだ。

　前哨基地に向けてふたたび進みはじめたとき、ふたりはもう偵察を行なってはいなかった。そこにパイロットがいるようなら、操縦してもらうつもりだった。

　空から接近してくれば爆音が聞こえるはずだと考えて、中国軍は海に面した崖に水兵ひとりを配置していた。グレースは、自分たちが登った小山の下で腹這いになり、その水兵の横顔を見た。マスクをしていない。感染のことを聞かされていないのだろう。中国は感染のテストのモルモットにこの水兵を使っているのだ。

とはいえ、水兵は裏地付きの厚いフードをかぶり、パーカーの前をしっかり閉めていた。ホーク二機の爆音を聞いたとしても、その後、関心を失ったのだろう。フードのせいで、横方向の視界もさえぎられていた。なにかを見るには、顔をそちらに向ける必要がある。うしろから襲われるとは、思ってもいないようだった。

リヴェットはグレースの左うしろにいた。水兵が持っている95式自動歩槍の写真を、メールでグレースに送った。

1200'pt

グレースが、ＯＫの合図をした。その歩哨(ほしょう)は一二〇〇フィート(約三六五メートル)離れた点目標(ポイント・ターゲット)を撃つことができる。

グレースはメールした。

私がやる。ついてきて掩護(えんご)して。

こんどはリヴェットがＯＫの合図をした。

いや、おもしろくなってきた、と思った。人生が一瞬ごとに変わり、アドレナリンと目的意識が高まる。ロサンゼルスでの子供時代とおなじだ、なにひとつ見逃せない。

ふたりは起きあがった。太陽が右側で登り、山の影でいくらか身を隠すことができる。ふたりは身を低くして、影のなかを歩いた。グレースは何度かマスクをはずしたくなった。自分の呼吸が耳につくのが嫌だった。だが、ここに到着してから三十分のあいだに、風向きが数度変わっていた。マスクをはずす危険を冒すことはできない。

リヴェットは九ミリ口径のコルト・サブマシンガンを持っていた。その有効射程が中国人の武器の四分の一だということを、グレースは知っていた。つまり、一〇〇メートル程度の距離なら、掩護が可能だった。グレースは手をあげて停止を命じ、三十年以上たっているとおぼしい衛星通信用ディッシュアンテナを指差した。格子状の表面が鳥の糞に覆われていることから判断して、鳥のねぐらに使われているだけのようだった。その白いディッシュアンテナは、太い金属の支柱の上に取り付けてあった。

リヴェットは、身を低くして、その方角を目指した。走りながら、海のほうを見ている歩哨に銃口を向けた。歩哨がふりかえったら、リヴェットの姿がこの世で最後に見るものになるはずだった。

そうなったら銃撃戦になると、リヴェットにはわかっていた——だが、そうなっても、中国軍はグレースの存在には気づかない。リヴェットが中国軍の注意を惹きつけているあいだに、グレースが前哨基地に達する。ひそかに接近することにかけて、グレースの右に出るものはいない。

そういったことは起こらなかった。リヴェットは発見されずにディッシュアンテナまで行き、ふりかえったときにはグレースがすでに行動を起こしていた。前哨基地の裏に向けて、グレースははいっていた。その東側は、歩哨からは見えない。正面にまわったときには、歩哨から見える。そこからなにもないところを、一〇メートルほど進まなければならない。

そこまで行けなかった。

午前七時に歩哨が交替することになっていて、グレースが歩哨のほうへ蛇のように這い進みかけたとき、交替の水兵が出てきた。

水兵はびっくりして躊躇した。グレースはためらわなかった。右サイドキックで水兵を倒した。その足が着地したときには、水兵の正面にいた。顔が下を向いてあいていた水兵の口に、左の膝蹴りが命中した。

グレースは歩哨には目もくれず、仰向けに倒れた交替の水兵の上を走った。うしろで弾丸がばら撒かれた。リヴェットが放った弾丸が、グレースと歩哨のあいだの地面を吹っ飛ばし、歩哨は崖のほうへ逃れた。歩哨が腹這いになってリヴェットを撃とうとした。そのときにはグレースは、ドアの外の壁に体を押しつけていた。音が聞こえるように、グレースはフードをめくった。うしろの壁はシンダーブロックだった。内側から撃っても貫通しない。

歩哨を交替する予定だった水兵が身じろぎしたので、グレースはブーツの爪先ですばやく耳を蹴った。骨の折れる音がして、水兵が仰向けに倒れた。

南東ではリヴェットが前進し、歩哨を崖っぷちに追い詰め、グレースを狙い撃てないようにしていた。リヴェットは狙い澄ました正確な射撃で、切れ目なく連射しながら、歩哨が逃げる隙をあたえていた。捕虜にしたかったからだ。しかし、もうじき弾薬が尽きそうだった。

前哨基地の建物のなかで、男たちが叫んでいた。グレースは耳を澄ました。

「パイロットにようすを見に行かせろ！」だれかが叫んだ。

抜け目ないようだけど、馬鹿よ、とグレースは思った。

「いったいなにをやるつもりだ――」英語でひとりが叫んだ。「押すのをやめろ――」

「出るんだ！」中国の水兵らしき男がどなった。

英語で叫んだ男のためにも、自分のためにも、表に出すわけにはいかない。その男が楯にされるおそれがある。グレースはドアを見守りながら、冷たく古い板の隙間から聞いていた。右の手袋を脱いで口にくわえ、指をよく動かせるように、蜘蛛のような動きで曲げたりのばしたりした。ドアから暖かさが伝わってきた。なにを着ているにせよ、硬くこわばった素材ではない。ドアからゆっくり出てきたのは、アイボリーホワイトのセーターだったので、両手を挙げているのだとわかった――。

　グレースは、掌を部屋のほうに向けて右手を突き出した。服に掌がぶつかると、指を曲げて、ウールのセーターを鉤爪のようにつかんだ――鷲形拳。男を引き出すのに、筋肉は使わなかった。それには時間と力が必要になる。グレースは左に大きく踏み出して、男の体といっしょに身を引いた。意表を衝かれてバランスを崩した男が、グレースといっしょに左側に傾いた。

　銃声が響いたが男に当たらず、旋回していた一羽のアホウドリが朱に染まって、嘴を下にして落ちていった。

　グレースはすぐさま膝を突き、男が顔から先に倒れた。グレースは、男の首のうしろを掌で押さえていた――無理強いする感じではなく、伏せているほうがいいと伝えるためだった。男が地面に向けてうなずいた。グレースは男の肩を叩いた。男が顔を挙げた。壁からすこし離れろと、グレースが手で合図した。男がすぐさま従い、あわてて六〇センチくらい南に移動した。海側の歩哨が発砲しても、そこなら起伏がある地形に護られる。

だが、男に移動するよう命じたのは、そのためではなかった。

グレースは、ふたたび壁に体を押しつけた。なかの男たちは黙っていたが、足音が聞こえた。四人がふたりずつ組んでいる。ひと組がグレースの左、窓ぎわに向けて移動していた。シェードが引いてある。身を隠そうとして、中国人が引いたのだろう。

馬鹿だと、グレースは思った。ちょっと考えれば、朝陽を利用できるとわかったはずだ。中国人は決まりきった戦術にこだわる。世界に対抗できるのは人口が多いからで、そうでなかったら中国の侵略行為など、だれも相手にしないだろう。

南アフリカ人のそばを離れ、なおも身を低くして、グレースは窓のほうへ近づいた。一五〇センチしか離れていない。その横にぶらさがり、手袋をはめて、ガラスが九枚に分かれている窓からシェードがあけられるのを見た。顔は見えなかった。

「隆成（ロンチエン）を撃ったやつがいる」ひとりがささやいた。

「何者がいるんだ？」

それを知るには、外を見るしかない。ひとりが用心深く、グレースに近いほうのまんなかのガラスに顔を近づけた。ガラスは頑丈だろうが、割れないほどではないはずだ。

グレースはまだ手袋をはめた右手の指を曲げのばしした。豹拳をこしらえた——五本の指をしっかり曲げて、掌にくっつける。指の節を上に向け、掌を窓に向けた。グレースは相手の顔を見て、相手に見られる前に動きを開始した。体をまわして壁から離れ、上に向けてねじるような動きをすると同時に、掌でガラスを打った。ガラスが勢いよく内側に割れて、中国の水兵があえぎ、うしろに跳んだ。

もうひとりが、窓に向けて撃った。残ったガラスを、銃弾が撃ち砕いた。なかにいた男たちの注意がそれたのは一瞬だったが、その隙にグレースは向きを変えて、あいていたドアに駆け戻った。

銃を持った男は、グレースが現われたために、一瞬凍り付いた。グレースは前蹴りで男のセミオートマティック・ピストルを手から吹っ飛ばした。そして、左手の豹拳で男の喉を打った。息が詰まった男がうしろによろけると、グレースは窓のそばの男のほうを向いた。

アフリカ人の通信士がすでに行動を開始し、中国の水兵ひとりをベアハグで締め付けて、デスクに叩きつけた。デスクがうしろに動いて、ふたりとも倒れ込んだが、水兵の手にはまだ拳銃があった。

グレースが駆け寄り、水兵の手首を踏みつけた。水兵が反射的に手をひろげ、セミオートマティック・ピストルを離した。グレースがそれを拾い、もうひとりに向けたとき、通信士が立ちあがって、水兵の顔にパンチを浴びせた。

グレースは悪態をついた。

喉を撃たれたもうひとりが咳をしたり、喉をゲエゲエ鳴らしたりしているのが聞こえたが、その男はまだ動くことができた。その男がバックパックをつかみ、西に面した窓へ走っていって、窓からバックパックをほうり投げた。それから床に伏せた。グレースはその理由を悟り、マスクをひき剝がした。

「伏せて耳を覆って！」グレースは通信士に向かって叫び、部屋の反対側に跳んで、デスクの蔭に伏せた。つぎの瞬間、バックパックが爆発した。

赤と黄色の爆風が窓ガラスを割り、残っていた窓枠が砕けた。ガラスと木の破片がすさまじい勢いで部屋中の広い範囲に飛び散り、つづいて煙が押し寄せた。グレースは焼夷弾に使われるテルミットのにおいを嗅ぎ分けた。

「伏せて！」グレースが叫んだとき、二度目のもっと激しい爆発が、前哨基地を揺さぶった。地面も揺れ、壁と天井がガタガタ音をたてて、ヘリコプターの爆発が部屋全体を赤く染めた。表の壁に金属の破片がぶつかり、残骸が屋根に降り注いだ。

リヴェットは、爆発に乗じて歩哨に襲いかかった。訓練で身につけたように、目の前の危険にまず集中しなければならない。グレースが爆発で粉微塵になったのなら、それはどうにもできない。だが、歩哨には対処できる。

歩哨は爆発を眺めていて、反対側からリヴェットが接近し、襟元に熱した銃口を突きつけるまで、気づかなかった。歩哨が降伏し、両手を挙げた。ふたりはヘリコプターが派手に燃えている場所へ下っていった。ヘリコプターは形も定かでない熔けた残骸になり、前哨基地は破壊されていないようだったが、煙がひろがっていて、よく見えなかった。

白いセーターを着た男が立ちあがり、両手を挙げた中国の水兵ふたりが戸口から出てきて、グレースと南アフリカ海軍将校がうしろにつづいていた。銃を持っているのは、その海軍将校だけだった。もうひとり、南アフリカ人がいた。

リヴェットは、マスクをはずした。「全員、確保したか？」

「ほかにはだれもいない」グレースがいった。

「テルミットか？」そこまで行くと、リヴェットはにおいをかいだ。

「考えもしなかった」グレースが、腹立たしげにいった。

「レイバーンが持ってきたんだ」男がいった。「わたしはヴェルツ大尉。ヘリの機長だ。ところで、あんたたちは？」

「レイバーンはどこ？」きっぱりと首をふって、質問に答えないことを示してから、グレースはきいた。

「中国のＲＨＩＢに乗っていった」シスラがいった。

「乗っていった？」

「強制されて」シスラがいった。「医官で、名前はレイバーン。ここのヘリコプターでプリンス・エドワード島へ行ったファン・トンダー中佐とマブザ大尉を救助するために来た」

「わたしたちの移動手段のことを考えていたんだけど」グレースはいった。

「もうどこへも行けない」シスラがいった。

グレースは、しばし考えた。「いいえ」一部が損壊している前哨基地へひきかえしながら、グレースはいった。「そんなことはない」

26

南アフリカ　プレトリア
十一月十二日、午前七時十二分

バッティング橋への攻撃は、西の山地までひろがり、そこでは三人が倒れたが死にはしなかった。ウィリアムズはその情報を、C‐21まで迎えに来た海軍参謀副長キャロライン・スウェイン提督から聞いた。病原体が短時間で衰えると聞いてほっとしたと、ウィリアムズはいった。

「わたしたちは、それほど安心していません」四十九歳の海軍将校が答えた。かなり長いあいだ睡眠をとっていないのか、大きな目のまぶたが重たげだった。茶色の軍服はプレスがきいていたが、汗の染みがところどころにあった。遮るものがない太陽のせいばかりではなく、気温もすでに三〇度に近いだろうと、ウィリアムズは思った。

ウィリアムズ、ブリーン、スウェインは、グレースとリヴェットを見送ったあとで、装甲がほどこされているのがあまり目立たない大型のバンで、ターバ・ツワーニ基地をあとにして、つぎの目的地へ向かっていた。ウィリアムズとブリーンは、運転手が手伝うというのを断って、自分たちの装備を後部に積んだ。ウィリアムズはブリーンにつづいて乗り込み、バーバラ・ニーキルク保険相に会いにいくのではないことを、そこで知らされた。ウィリアムズはそれまで一時間ほど、ニーキルクの履歴を読んでいた。

「それほど遠くない国防軍司令部へ行きます」スウェインが、ならんで座っていたウィリアムズにいった。ブリーンは向かいの席に乗っていた。「あらたな展開がありました」

急な予定変更に警戒していることが、ブリーンの表情からわかった。こうなったら、協力するしかない。ウィリアムズは、まだ期待を抱いていた。

スウェインがいった。「ニーキルク大臣は、以前――二〇〇九年に――グレイ・レイバーン博士とある研究に携わっていました。レイバーン中佐は、当時もいまも海軍健康管理部に勤務しています。当時、ふたりはＡＩＤＳウイルスの治療法を研究し、かなり進展があったと聞いています。ところが、治療法が疾病とおなじくらい致死性が高いとわかりました」

「当ててみよう」ウィリアムズはいった。「彼らが発見したものが、解き放たれたんだな」

　おそらく疲れているせいだろうが、スウェインが笑みを浮かべていった。「ありがとうございます、ウィリアムズ司令官。さすが、最後のコーナーで笞を入れてゴールですね。頭脳明晰で読みが深いという評判は、ほんとうだったんですね」

「そんな評判があるとは知らなかった」ウィリアムズはいった。

「これからわたしたちが会いにいくトビアス・クルメック将軍は、司令官のことをよく知っています。国防軍情報部長です」

「会ったことがある」ウィリアムズはいった。「ニーキルク大臣の以前の計画に将軍が関わっていたとは思えないんだが」

「なんともいえませんね。レイバーン博士の名前が浮かびあがったとき、探したところ、けさプリンス・エドワード島に派遣されたことがわかったんです。事実調査任務で、クルメック将軍が許可していました。感染症の専門家が情報部長とじかに接触した理由は不明ですが、現に接触しています」

「ふたりには個人的な付き合いがあるのでは？」ウィリアムズはきいた。

「そういう事実はないようです」スウェインがいった。「それに、司令官の推論は意味深ですよ。研究計画のことを、将軍が知らなかったとは思えません」

バンは、ノソップ通りとボーイング通りの角にある円柱が並ぶ白い館の前でとまった。スウェイン海軍参謀副長が、車から出ないようにと、ウィリアムズとブリーンに指示した。

「将軍は協力したくないようでしたが、ヘリコプターが出発したあと、レイバーン博士とパイロットからなんの連絡もないと伝えました」スウェインはそういってから、ウィリアムズの顔をじっと見た。「理由はわかりませんが、将軍はウィリアムズ司令官とふたりだけで話がしたいそうです」ドアの前に立っている警衛のほうへうなずいてみせた。「入館許可は得てあります」

ブリーンがまた用心するような表情になった。

「ブリーン少佐とわたしは、ここで待ちます」スウェインがいった。「少佐と話し合いたい案件がいくつもあるので」

「かまいませんよ」ブリーンはウィリアムズにいった。「将軍は、わたしよりもずっとあなたのことをよく知っているんでしょう」

ウィリアムズは言外の意味を察した。犯罪学者は含みのある言葉を聞き逃さない。

ブリーンは、自分といっしょに任務を行なっているウィリアムズが、〝司令官〟と呼ばれたことに気づいた。それはブリーンが知らなかった事実だった。ウィリアムズは情報機関にいたことがあると、ブリーンは推理していた――だが、クルメック将軍はそれを事実として知っている。ブラック・ワスプの三人よりも明確に。

「それについてはあとで話そう」ウィリアムズは約束し、バンのスライディングドアをあけた。

ブリーン少佐はプロフェッショナル意識が強いので、部外者の地位が任務に影響するようなことは許さない。だが、事情を知らずに無駄な動きをするのは賢明ではない。マット・ベリーの命令がどうあろうと、ウィリアムズと話し合う潮時だった。

ウィリアムズは、広い階段を昇り、徹底したボディチェックを受けてから、三〇九号室に案内された。

凝った装飾の踊り場がある階段から、三階にある雑然としたオフィス群へ行った。古い建物なのに、オプ・センターの前の本部を彷彿(ほうふつ)させた――ただし、地下におりていくのではなく、上の階にある。静かな広い部屋で何人もが動きまわり、知り合いの仕事仲間には挨拶をしていたが、立ちどまっておしゃべりをすることはなかった。

ウィリアムズがそこへ行くと、有能な感じの女性副官がデスクの向こうに立っていた。旧市街を見晴らす出窓がある奥の広いオフィスに、副官はウィリアムズをまっすぐ案内した。クルメック将軍が立ちあがった。将軍がデスクの奥から出てきて手を差し出し、ドアが重い音をたてて閉まった。

クルメックは熊(くま)のような大男だったが、顔は虎を思わせた。この稼業で生き抜くには、肉食獣のような力強い性格が必要なのだ。クルメックはそれが外見に現われているので、得をしていた。内面を忖度される時間を節約できる。

「また会えてうれしいですね」いかにも本気でそう思っているような口調で、クルメックがいった。

「こちらもです。思い出しました──二〇一六年の国際安全保障会議でしたね」

「そう、コペンハーゲンでした。既存の情報機関に所属していない退役海軍将官がそこでなにをやっているのかを調べあげるのに、苦労しました。それが肝心だったんですね？　あなたは、公に知られている組織には所属していなかった」

「そのとおりです」

「あなたの国家危機管理センターのことは、ポール・フッド長官が運営していたころから知っていました。わたしたちは……あなたたちふたりが何度か会ったのを知り、当然ながら推理しました」

「よもや味方にスパイされるとは思わないというのが、諜報における最大の欠点です」ウィリアムズはいい放った。非難すれすれの言葉だった。

「いずれにせよ、肝心なのは情報ではなく、予算を正当化することです。おわかりでしょう」

「金を使うか、失うか」

クルメックが、邪気のない笑みを浮かべた。「コーヒー？　それとも紅茶？　べつの飲み物がいいですか？」向き合っている肘掛椅子を示しながら、クルメックがきいた。

「ありがとう。結構です。わたしになにか話があると、スウェイン参謀副長がいっていましたが」

「ええ、あなたとチームが派遣されるとルート参謀長が伝えてきたので、たいへんありがたいことだと思いました。わたしたちはこれに、信頼できる支援を必要としています」

「ひとつききたいのですが、将軍——国のため？　それとも将軍ご自身のためですか？」

ふたりは腰をおろし、クルメックが歯を剝き出して笑った。「両方です、司令官。

あなたはチームをマリオン島に派遣した。彼らはそこからプリンス・エドワード島に行かなければならない。ご存じでしょうが、そこがこの問題の源です」

「将軍がそこになにかを配置したんですね？」

「そのとおりです」

「将軍が明かす秘密は守ります」ウィリアムズはいった。

「この国のわたしの敵とはちがい、わたしが破滅してもあなたはなにも得られない。南インド洋で中国軍をじかに見て情報を得られるような関係を結べば、利益があるかもしれない」

南アフリカ人の生命を交渉材料にするのは不作法だが、こういう取引は当然、予想されていた。

「もちろん将軍の信頼は裏切りません」ウィリアムズは約束した。

クルメックが、礼をいった。信用したというよりは、抜け目なく計算していた。このエクソダス・バグに関与していたことが明らかになれば――そして、最終的に、これが人工的に造られた毒物だと確認されれば――国際社会の同盟国はクルメックの地位を保証するだろう。中国が不法な侵略を行なっているから、なおさらだった。

「スウェイン参謀副長から、説明を聞きましたか？」クルメックがきいた。

「すこしだけ」

「参謀副長はそれしか知らないんです……ほとんど知らないんです。何年も前に、レイバーン博士はニーキルク大臣とＡＩＤＳの治療法を研究していました。その治療法によって、ＡＩＤＳを治すことはできましたが、免疫機構を働かないようにしてしまうので、ほとんど得るところがなかったのです。わたしは研究をつづける予算を、レイバーンにあたえました」

「理由は？」

「共産党がＡＩＤＳを使って敵を殺そうとしたからだというのが、単純な答です。わたしたちは治療法を必要としていた。エクソダス・バグが使えたはずでした。あいにくレイバーン博士は、もっと恐ろしい病気を創り出してしまった。何百万人も殺すことができる、空中を浮遊する伝染性の病原体です。それを破壊するか保存するには、だれかを引き入れなければならない――そうなると、情報か微生物が漏れるおそれがあります」

「それで、永久に見つからないだろうと思った場所に埋蔵した」ウィリアムズはいった。「破壊するよりもずっと問題がすくない解決策だった。それで不活性になるはずだったんですね？」

「なにもかも理解しているんですね」クルメックはいった。

「わたしの手柄ではありません」ウィリアムズはいった。「ある地質学者が示唆しました」

クルメックは話をつづけた。「一年中低温だし、保護されている環境です。ぜったいに見つからないはずでした。しかし、見つかった――だれが見つけたのか、まだわかっていません。それに、中国軍にも発見された」

「たしかですか？」

「マリオン島前哨基地からの連絡が長時間、とだえています。プリンス・エドワード島沖で錨泊しているコルヴェットの乗組員に乗っ取られたのかもしれないと考えています」

「わたしのチーム――というよりは独立したチームで、部下というわけではありません。彼らは連絡する必要があると思ったときだけ、連絡してきます」

「なるほど。彼らは優秀なんですね？」

「きわめて優秀です。しかし、中国軍よりも差し迫った懸念がありますね。南アフリカ国内に、活動している殺人者がいる」

「プリンス・エドワード島へ行った何者かが、微生物のサンプルを持ち返ったのだと判断しています」クルメックが同意した。

「レイバーンを信じていますか？　レイバーンがだれかに情報を売った可能性はないですか？」

「そうではないと思いますが、まずそれを確認しました」クルメックは答えた。「レイバーンが出発した直後に、彼の家の捜索を命じ、口座を精査し、通話記録を調べましたが、なにも出てきませんでした」

「しかし、レイバーンも行方不明です。アリバイ作りのために出発したのかもしれない」

「そう思うのも無理はないし、どんな行動にも疑わしいところはある——だが、これにいっしょに取り組んでからずっと、そういう理由からずっと監視してきました。レイバーンは犯人ではないと思います」

「レイバーンのデータ、埋設した場所は、だれにも知られていなかったんですね」

「レイバーンのプリンス・エドワード島行きに関与したのはふたりだけです。ひとりはパイロットで、その後、飛行機事故で死にました。もうひとりは立案、監視、分析担当の副大臣で、大統領になろうという野心があります。三人とも問題はなかったと断言できます」

「なにか手がかりは？」

クルメックが薄笑いを浮かべた。「あれば、わたしたちがこうして再会することはなかったでしょう。毒物を埋めた正確な場所を教えます。あなたがたは、旅客機が墜落する前の数時間の偵察画像にアクセスできるはずですね」

「将軍、わたしたちはその地域の二日分の偵察画像を、さまざまな情報源から手に入れて調べました。疑わしい動きはありませんでした。偶然にせよ、意図したにせよ、何者かが微生物を手に入れるには、なにが必要ですか？」

「隠密裏にこれをやったのなら、おおげさな装備は必要ではなかったでしょう」

「ある船からの通信を傍受したのですが、どうやらそんな感じです」ウィリアムズはいった。「送信者はできるだけ情報を漏らさないように用心していましたが、かなり怯(おび)えていました」

「その連中は原因を引き起こしたのではないのかもしれない」クルメックはいった。

「たまたま巻き込まれただけで」

「その可能性はあります」ウィリアムズはいい、考え直した。送信者は船と交通艇のことをいっていた。監視画像には船が何隻か映っていた。夜の画像だったので、交通艇と上陸した人間を見落としたのかもしれない。

「環境保護主義者が島でサンプルを採取するような理由はありますか?」ウィリアムズはきいた。

「そういう活動は環境保護局が公に承認します。合法的な調査であれば、こっそり上陸する必要はありません」

「違法な調査には、どういうものがありますか?」

「密漁、毒物を撒く」

「なんのために?」

「ネズミですよ」クルメックはいった。「初期の探検家たちとともに上陸し、順応して生き延び、繁殖したんです。何万匹もいて、アホウドリの雛を食べます——鳥類愛好家たちが、有害なネズミを撲滅するよう政府にずっと要求しています。だれかがひそかに毒餌(どくえ)を撒いたのかもしれない。しかし、それには掘削など必要ない」

「ネズミには掘れないくらい深いところに埋めたんですね」

「その場所を選んだときに、当然考えたので、そうしました」

ウィリアムズは、朝に調べたことを思い返した。携帯電話を持ちあげた。「将軍、しばらく使えるようなオフィスはありますか?」

「ここを使ってください」クルメックが立ちながらそういった。「十分くらいですか？」

「そんなにかかりません」ウィリアムズはいった。

クルメックが丁重に立ちあがって、出ていった。ワシントンDCなら、補佐官が呼ばれて、使える場所を探すという手間がかかるだろう。ドアが閉まると、ウィリアムズはベリーにメールを送った。

南アフリカ国防軍司令部（SANDF）にいる。きのうからのプリンスED島付近の船の分析は？

ウィリアムズは待った。海軍が傍受した最初の送信は、船からだった。位置はつかんでいた。プリンス・エドワード島の北。クルメック将軍は、その通信のことを知っているはずだが、無関係だと思ったようだった。クルメックは、責任を転嫁しようとしてはいない。厄介な問題を解決すると同時に、それが二度と起きないようにこういう人脈を築こうとしている。

着信音が鳴り、ベリーが選択した画像に注意書きが添えられていた。

けた。

ＰＥとの距離と投錨もしくは速力を落としたかどうかを考慮してふるいにか

✓オーストラリア気象観測船〈ワンダラー〉
✓フィリピン漁船、機関修理との記録
✓ケープタウンの民間クルーズ船〈アンタークティカ〉
×民間ヨット、身許不詳
✓インドばら積み貨物船〈プージャ・ラナ〉
✓ニュージーランド、ドキュメンタリー映画撮影班の船１２２１・Ｆ

✓は出発した港に戻り、名前がわかっている乗組員や航海目的について事情聴取は行なわれなかったことを示していた。

ウィリアムズは、ヨットの拡大画像を見た。

悪事に関わっていたにおいがすると思った。

船尾に船名が描かれていたとしても、カンバスを垂らして、偵察衛星から見えないようにしてあった。標章がなにもないように見えるオートジャイロがとまっていた。

なんらかの形で識別されるはずだ。飛行機の一種だから、胴体下面に機体番号があるのだろう。地上から見えるか、着陸してから持ちあげれば見えるのかもしれない。いずれにせよ、上空からは見えない。

それも出発地と目的地が不明だった。

ウィリアムズが画像を丹念に見ていると、クルメックが戻ってきた。ウィリアムズは立ちあがって、画像を見せた。

「これに見おぼえはありますか？」

クルメックが軍服の上着のポケットから老眼鏡を出して、画像の上にかがみ込んだ。

「いや。どこで撮影したのですか？」

「プリンス・エドワード島の二海里北です。旅客機墜落の二日前でした」

「ずっとそこにいたのですか？」

「いませんでした。それに——この写真が撮られたあと、エアバスが墜落する前に、べつに何機もが上空を通過しています」

「上陸チームのようなものを下船させたとは考えにくい」クルメックはいった。「そこには隠れるところがないし、一日に二度、ヘリコプターで低空哨戒を行なっている」

「となると、腐食が進んでいた可能性もあります」ウィリアムズは携帯電話をしまった。「旅客機が墜落した日、その地域から光が上昇していました。その前の画像にはなかった。橋への攻撃がなかったら、自然の腐食で微生物が解き放たれたと思うところです。しかし、何者かがいたんです。なにものかが採掘したんです」

「だとすると、身許不詳のヨットを見つけることが重要になる」クルメックはいった。

「もちろん、南アフリカの船ではないかもしれない。東にはフランス領のクローゼー諸島があるし、マダガスカル、モーリシャス――」

「橋はこの国にあります。攻撃した人間は、この国の注意を惹きたかったんです」

「微生物をまだ持っているにちがいない」すでに臆断していた現実を、クルメックはようやく認めた。

「そう想定しなければなりません」

「犯人らしき男がイースト・ロンドン警察に電話をかけたことは知っていますね？」

ウィリアムズはうなずいた。「しかし、攻撃後は電話していない」

「そう。それに、発信源は嘘で、牽制かもしれない。逆探知できない携帯電話を使っていました」

「つまり、高度なテクノロジーに通じている」ウィリアムズはいった。「足跡をごまかすのに慣れている」

「だとすると、人身売買、麻薬か武器の密売業者、外国の秘密監視組織などが考えられる」

「それでいて、プリンス・エドワード島へ行って掘削するような動機がある人間です」ウィリアムズは指摘した。

「あとで回収できるように、密輸品を埋めにいったのかもしれない」クルメックがいった。「海沿いの岩壁は、それにうってつけだ。海から接近できるし、島の哨戒には見つかりにくい」

「いまおっしゃったような業者のなかに、大量破壊兵器を使用したがるような異常者はいますか?」ウィリアムズはきいた。

クルメックの猛獣めいた笑みは、とうに消えていた。「そこなんです。法の網を潜り抜けようとしている社会の敵はすべて身許がわかり、追跡されています。この犯人はあらたに現われた人間か、これまで目立っていなかった人間でしょうね」

「あるいは、あなたがたがあまり注目しないような商売にかかわっているのかもしれない」ウィリアムズはいった。「最初に傍受した通信で、その男は、ほかにも何度か調査を行なったようなことをいっていた。

それはそれとして、もう一度病原体が撒かれるのを防ぐために、たとえ不正な手段であろうと、そいつを見つけなければならない」

ウィリアムズの忠告ときっぱりした言葉を聞いて、クルメックはすぐさまデスクのほうへ行った。「司令官、その画像をもらいたい——ある人物に送ります」

「だれに?」

「この国の沿岸と航行する船舶のことを、だれよりもよく知っている人間です」クルメックは答えた。

27

南アフリカ　イースト・ロンドン
十一月十二日、午前八時八分

オートジャイロの乗降口をあけたとき、カティンカは不安になった。フォスターはなにも心配していないような表情だった。じゅうぶんに休息をとったらしい。バッティング橋を攻撃してから、カティンカの連絡を徹夜で待ったあとで、ぐっすり眠ったのだろう。

「容器を持って、グリーンのボタンを押せ」腕組みを解いて、バンのドアをあけながら、フォスターがいった。暗くてカティンカにはよくわからなかったが、バンの後部にはだれも乗っていないようだった。

カティンカは、狭いカーゴエリアに身を乗り出して、ふるえる手でいわれたとおりにした。襲われるのではないかと思い、フォスターに背中を向けるのすら怖かった。オートジャイロとは反対側のサイドウィンドウから外を見た。駐車場の従業員二人が、防水布を持って走ってきた。ひとがいる戸外でも、フォスターに殺されるのではないかと思った。

カティンカは、大きな容器を胸にかかえた――汚らわしい赤ん坊。岩に覆われた揺りかごに残してくるべきだった物体。カティンカが座ると、フォスターがドアをバタンと閉めて、カティンカはチャコールグレーのスモークを貼ったウィンドウのなかの闇に包まれた。フォスターが乗り込んで、バンが走り出したとき、オートジャイロが防水布に覆われた。

ルームミラーでカティンカのほうを覗きながら、フォスターはバンを走らせた。

「どんな計画だった？」フォスターがきいた。

「逃げるつもりだった」

「行方をくらますか、警察に行く？」

「遠くへ。故郷へ」

「めずらしく里心がついたのか、カティンカ？　隠れるって、なにからだ？　おれが見つかったら、つぎはおまえだぞ」

「わたしはあなたのやったことには、関係していない」カティンカはいった。「ぜったいに関係しない」

フォスターがくすくす笑って、いつもほど混んでいない道路に視線を戻した。「傷ついた鳥。それもおまえらしくない。いまおれがなにをやっているか、わかっているのか、カティンカ？　馬鹿馬鹿しい法律と、自分たちのための規制のせいで、おれたちはいつもびくびくしていた。おれたちは何度も逃げないといけなかったし、不法侵入程度のことで撃ち殺された。他人の土地に踏み込んだだけで。やつらがすでにふんだんに持っているものを、ちょっともらおうとしただけだのに」

「ダイヤモンド産業や政府のことをわたしがどう思ってるか、知ってるでしょう？」カティンカはいった。「だからといって、なんの罪もないひとたちを殺すのは正当化できない」

「昔からのこの独占で儲けてるやつがおおぜいいるんだ！　おれたちは腐敗を倒し、差別をなくしたが、金は奪えなかった――だが、金は……そう、金はもとの場所に残された。はした金をかき集めるには、あちこちで危険なことをやらなければならないんだ」

「死んだひとたちすべてに罪があるわけじゃないでしょう」

「おれは銀行をやるべきだったのか？　思う存分、富を手に入れるために、ダイヤモンド鉱山を襲ったほうがよかったのか？　そうしたら、なんの罪もない人間は死ななかったのか？　よく聞け、カティンカ。いまおれがどう感じてるか、わかるか？　生まれてはじめて、明るい陽射しのなかを歩き、うしろをふりむかずに働けるんだ。監視、ハッキング、法執行機関と交戦する心配もなく！　やつらの恐怖をおれは楽しんでる！」ルームミラーに目を戻した。「それに、おまえも――高慢ちきに義憤を口にするのは、おまえにそぐわない。おれにこれを渡したのは、魂胆があったからだ」

「脅すためよ、殺すためじゃない」

フォスターが、にやにや笑い、首をふりながら、フロントウィンドウの外に目を戻した。「当然そうなるだろうとは思わなかったのか？　おれたちが地下金庫にはいれるように、当局が組み合わせ番号を教えてくれるとでも思ったのか？　だめだ、カティンカ。浅はかなうえに正義をふりかざすんじゃない。それに、偽善的でもある。この伝染に気づいたのは、おれじゃなくておまえだ」

「偶然にわかったのよ」カティンカは後悔する口調でいった。あらためて恥入り、容器をシートに置いた。

「パンドラもおなじことをやった。世界中に不幸をばら撒いた。旅客機の乗客の家族は、おまえには罪がないといったら慰められるだろうよ」

「そんな非難は受け入れられない」カティンカはいった。

「なんの罪もないっていうのか」フォスターはいった。「おれたちがときどき警備員や警官を——始末する——ことなど知らないっていうのか。知ってるはずだ。それでもいい張るのか。それに、ヨットを爆破する前に、全員のようすを確認したか？」

「病原体を破壊するためだった」

「自分が悪用しようと思った病原体を！　じっさいに使ってみせないで、どうやるつもりだったんだ？」

カティンカには答えられなかった。

「では、おれはなにをやってる、カティンカ？　病気を撲滅してる。おれたちの周囲の世界は変わり、古い体制は転覆された。おまえもおれも、金儲けができない階級も、それによる利益を受けなかった」

「こんどは活動家になったわけ？」カティンカが問いかけた。

「そんなわけがないだろう。皮肉をいうのはやめろ。屈辱を感じながらいまみたいな暮らしをつづけるのが嫌になったんだ。おまえのコアサンプルは、ただの新発見じゃない。贈り物だった。おれたちを縛ってる鎖を断ち切る手段だ。降参しろ？　おれは降参しないし、まわりの人間が降参するのも許さない」またカティンカをちらりと見た。「いってくれ、カティンカ？　おれに味方するのか、敵になるのか？　そのふたつしか選択肢はないいんだよ」

カティンカは、容器を見た。「これ、ほんとうに爆発するはずだったの？」

「ああ」フォスターが、一瞬の間を置いてから、道路に目を戻した。「どうしておれに逆らうんだ？　おれたちはおなじ側なんだ。まだ人生の先は長い――おまえはどういう暮らしをしたい？」

「良心に汚れひとつない暮らし」カティンカは答えた。「ぐっすり眠りたい」

とたんに、フォスターが嘲笑った。「だれも――アパルトヘイトを築いたやつも、それをひっくり返したやつも――そんなことはいえない！　この国に汚れてないものなんかない。ぐっすり眠りたい？　容器をあければいい。おれはとめない」

カティンカは、身じろぎもせずにいた。茫然自失して、頭がからっぽで、もう議論できなかった。フォスターのいうとおりだった。カティンカに残された道はいくつもない。

それに、やったことは取り返しがつかない。それを変えることはできない。しかし、フォスターのそばにいれば、つぎに起きることに影響をあたえられるかもしれない。

生き延びるためにも。

「わかった」カティンカは後悔しながらいった。「あなたについていく」

フォスターは笑みを返さなかった。点呼のときにカティンカが〝捧げ銃〟といったかのように、ただうなずいた。

「オフィスで、このことはだれにもいうな」フォスターがいった。

「もちろんいわない」

ふたりが黙り込み、バンが走るあいだ、カティンカはなじみのある感情に呑み込まれた――〝しがみつく〟という言葉が頭に浮かんだ。フォスターのそばにいて、未知の領域を進むあいだ、彼の自信と確信を頼りにして安定を得る。

だが、今回ははじめてべつのことも感じた――激しい嫌悪。フォスターの所業に対する嫌悪ではなく、自分がこれほど長くフォスターに依存してきたことがおぞましかった。この発見がフォスターから離れるきっかけになり、思いがけず自由になれると思った。

ところが、これまで以上に、フォスターに縛り付けられることになったと、カティンカは心のなかでつぶやいた。

しかも、自分にとって望ましくない形で。

28

南アフリカ　マリオン島
十一月十二日、午前十時十五分

中国海軍の水兵たちは、強風のときにヘリコプターや堆肥(たいひ)の容器など戸外にあるものを固定するのに使う太い麻縄で手と脚を縛られ、前哨基地の床にうつぶせになっていた。冷気が割れた窓から吹き込んでいたので、凍(こご)えないようにキルトをかぶせてあった。

水兵たちはグレースの訊問に応えようとしなかった。グレースが〝痛み〟と呼ぶものを使って口を割らせる時間はなかった。手首や肘を固めて、関節と関節がぶつかり、耐えがたい痛みを味わわせる技だった。傷痕(きずあと)は残らず、長引くような損傷も起こさないので、訊問官がどうして手順として取り入れないのか、グレースには理解できなかった。

シスラ少尉、ヘリコプターの機長のヴェルツ、副操縦士ライアン・ブルーアは、寒冷地用の服を着込んでいた。シスラが無線機の前に座り、ヴェルツ、ブルーア、グレースが、そのうしろに立っていた。

「よく考えないといけない」捕虜四人を見おろして立っていたリヴェットがいった。

「これをやったら、敵に知られる」

「やらなかったら、敵が勝つ」グレースがいった。

「やつらにはでかい大砲がある」リヴェットが指摘した。「おれたちにはない」

「やつらはそれを使わない」グレースはいった。「報復を招く。べつの軍艦が派遣される」

リヴェットは首をふった。「銃や大砲があったら、たいがい使うよ」

「近くにはほかになにもいない」小柄で引き締まった体つきのブルーアがいった。

「もちろん、航空機は島に接近しないよう命じられている」

「あなた、軍を呼べる?」グレースがきいた。

「応援を要求できるけど、時間がかかる。われわれは目立たないようにするのが任務だった」

「ああ、その口ぶりでわかるよ」リヴェットがいった。

「わたしの司令官を呼び出せると思う」シスラが提案した。「この前哨基地を担当しているから」

グレースは首をふった。「海軍や司令官に連絡したら、中国軍はすぐさま状況を把握して、いまやっていることを切りあげる。こんなのは時間の無駄よ。少尉、あなたの上官の中佐は、パイロットとおなじように具合が悪くなっているかもしれない。民間機を呼んで。お願い」

「民間機――」

「そうよ」グレースはいった。「急いで」

シスラは、旅客機の墜落現場に救難隊が来ているのを失念していた。ヘッドセットをかけて、民間の周波数に合わせた。音声をスピーカーにつないだ。中国軍に通信を傍受される可能性が高い。人道支援に見せかける必要がある。それに、中国海軍水兵を捕虜にしたことがばれないようにする必要がある。

「こちらはマリオン島前哨基地のマイケル・シスラ少尉、民間航空局（CAA）の救難機、応答願います」

部屋のなかで動きがあるのは、風だけだった。灰色の薄い煙、白い灰、熔けたプラスティックの嫌なにおいを、風が運んできた――爆発したヘリコプターの残骸から。リヴェットは、屑鉄置場の火事を思い出した。さんざん訓練を受け、はるかな土地に来ているのに、子供のころにいた場所に引き戻されたことに、リヴェットは心のなかでくすりと笑った。

シスラが、送信をくりかえした。

「中国のコルヴェットは、上陸班から連絡がないから、ちょっと焦ってるだろうな」リヴェットがいった。にんまり笑った。「正直、いい気分だぜ」

くぐもった声で応答があった。マスク越しだからだろうと、シスラは思った。

「爆発が聞こえた！」応答した女性がいった。

「医療ヘリが、事故で全壊したんだ」

「どういう事故？」

「パイロットが経験不足でね」シスラは、ブルーアに詫びるような視線を向けた。

「プリンス・エドワード島に着陸したここの指揮官とパイロットを後送する予定だった。ふたりは具合が悪くなってそこで長い夜を過ごしたんだ。毒性物質にさらされているかもしれない。われわれはふたりを後送したい」

「われわれ？」

「南アフリカ海軍（SAN）だ」シスラはいい抜けた。「われわれを運んでもらえるか？　帰りはそこにあるヘリコプターを使う」

「こちらは民間機ですよ」女性が答えた。

「近くにいるのはあなたがただけなんだ」シスラはいった。「そちらの一海里東の前哨基地から、プリンス・エドワード島の西岸まで乗せていってくれるだけでいい。待っていてもらう必要もない。向こうにヘリコプターがある」

「来るときに見ました」女性がいった。「これはきわめて異例ですよ」

「お願いします」

「ちょっと待って」

低い声で話しているのが、無線から聞こえた。女性はそんなに冷淡ではなかった。もちろん、マブザが毒物に感染していて、まだ生きているかどうかもわからないことを、シスラはいわなかった。中国の侵入者たちを撃退するのが目的だということも伏せた。

「プリンス・エドワード島のあなたの上官の近くに着陸できると、機長がいっています」女性がいった。「わたしたちが行くのがそちらに聞こえるはずよ。そんなに静かな飛行機ではないから」

「ありがとう」シスラは礼をいって、通信を切った。軍の周波数に戻した。中国海軍の水兵から解放されたので、ファン・トンダーに連絡しようとした。

うしろでリヴェットが、重々しく拳（こぶし）を突きあげた。グレースは考え込んでいた。

「南アフリカ海軍（ＳＡＮ）じゃないと思われる」リヴェットが、グレースにいった。「わたしたちがマスクをかけていれば、話しかけるのをためらうかもしれない」

リヴェットがうなずき、捕虜のほうを見おろした。「ここに残していくのか？」

「いまのところは」グレースがいった。「目標は問題の地点にいる中国人よ」

「それは、きみたちが思っているよりも簡単かもしれない」無線から声が聞こえた。

シスラの表情が明るくなった。「発信者へ、受信していますよ」

「少尉、こちらはファン・トンダー」発信者がいった。「やつらのＲＨＩＢのスクリューを撃って壊した。ＲＨＩＢは現場からどこへも行けない。コルヴェットの乗組員がゴムボートでやってきて、修理を二時間やってる。受信しているのなら、中国の海賊どもを――わたしの島から追い出せ！」

29

南アフリカ　ポート・エリザベス
十一月十二日、午前八時三十四分

ポート・エリザベスの海難救助隊(NSRI)（ボランティアによる民間組織）基地No.6は、けっして派手ではないが、彼のものだった。五十七歳の基地司令デイヴィッド・ヒューズは、緑がかったブルーの木造ビルに二階にあるオフィスに、独りで座っていた。まわりには古い帆船の色褪(いろあ)せた複製画や、ぴかぴかの額縁に収めたヒューズの船の写真が何枚もあった。ヒューズは成人してからずっと、全員がボランティアのこの組織で働いてきた。職業は船舶設計技師で、余技で歌を書き、どちらも海からもらうひらめきが原動力になっていた。

ヒューズ、妻、娘、その夫の水力発電技師、孫娘は、海の近くに住んでいる。ブロンズ色に日焼けしたヒューズの顔は、目が醒めているあいだはずっと海に向けられている。海の気分、動き、海を住処とする船のことは、なんでも知っていた。

橋がナフーン川に崩落したために、物流に影響があり、交通量が増えたために、ヒューズは早朝から仕事をはじめていた。起重機船や海難救助船が——攻撃の性格を考えて、かなり用心深く——到着し、大気が安全だと確認されて接近できるようになるまで、病院船が待機していた。

トビアス・クルメック将軍から電話がかかってきたのを、ヒューズは意外だとは思わなかった。密輸業者の疑いがある船や外国船の動きについて、クルメックはよく助言を求める。ヒューズは協力するのにやぶさかでなかった。祖国への愛は、家族と海とともに、ヒューズの三位一体の輝く星のひとつだった。

「写真？」クルメックの質問に、ヒューズは答えた。「はい。見ますよ」

ヒューズは、スマートフォンをスピーカーにしたままでメールを受信する方法を、思い出そうとした。娘の夫に教わったはずだった。憶えるためにメモしたのだが、それもスマートフォンに保存している。メモアプリを立ちあげると、クルメックとの電話が切れるのではないかと心配になった。文字どおりアイコンを押(スタブ)して、何度か試(スタブ)し、電話を切らずにメールを受け取ることができた。

「ちょっと拡大します」画像を保存し、拡大した。「〈テリ・ホイール〉ですね」

「だれが所有している？」

「ＭＥＡＳＥ」ヒューズは答えた。「鉱物探査収集調査会社、イースト・ロンドンに本社があります」

「最後にその船を見たのは？」

「一週間くらい前です。モーセル・ベイへ行く途中で、ここを通りました。南の潮流について最新情報をきかれたと、そこの基地が報告しています」

「南とはどこだ？」

「プリンス・エドワード島。将軍、これはなにか関係が——」

「ありがとう、基地司令」クルメックはいった。「ほんとうにありがとう」

「いつでもどうぞ、将軍」ヒューズはいった。

だが、クルメックはすでに電話を切っていた。現在の捜査に役立ったことを願い、ＭＥＡＳＥがどう関係しているのだろうと思いながら、ヒューズは海を眺めた。

「海よ、これについておまえはなにを知っているんだ？」頭に浮かんだことを、ヒューズは口にした。「おまえの言葉がわかれば、どんなにいいだろう」とつけくわえ、ヒューズはクロゼットにしまってあるギターを出し、その歌詞をもとに一曲創ろうとして、弾きはじめた。

「クロード・フォスターだ」クルメックは、携帯電話をデスクに置いた。「宝石が専門で違法な採掘をやり、密売している。ダイヤモンド・コングロマリットが政府に圧力をかけ、政府がわれわれに圧力をかけている。だが、違法行為と直接に結び付いている証拠をつかむことができない」

「その男は、どういう手段で採掘するんですか？　ドリル？　発破？　なんらかの手段で、あなたたちが埋めたものを掘り起こしたのかもしれない」

「前哨基地に音が聞こえるところで発破はやらないだろう」クルメックはいった。

「しかし……ドリルは使うだろう。やつらはドリルと酸を使う」

ウィリアムズは、グッドマン博士との会話を思い出していた。光を発していたのは天然ガスではなかった。酸だったのだ。

「将軍、フォスターの船と陸地との通信の音声はありますか？」

「あるかもしれない。フォスターは出廷したことはない。イースト・ロンドン警察への電話は、雑音が多かった」クルメックは、固定電話機に手をのばした。「情報部に古い盗聴データが残っていないか、問い合わせる。〈テリ・ホイール〉の最終位置を捜索するよう海軍に指示する。わたしは――」

「拘引しようと思っているのでしたら――フォスターは、作用物質を持っているかもしれない」

「それを使って自殺するおそれがあるというのか？」

「ほかのだれかに渡すかも知れない。あるいは、もっとあるかもしれない」

クルメックは受話器を持った手をとめた。「これがフォスターの仕業だとして、野放しにして置いたら、われわれを脅迫するだろう。やつにこれ以上、時間をあたえるわけにはいかない」

「賛成ですが、フォスターは捕らえにくい相手だといいましたね。将軍のこと、情報部の要員のこと、やりかたを知っているかもしれない。わたしとブリーンのことを、フォスターは知りません」

クルメックがためらったが、受話器を戻した。

「フォスターのファイルはありますか？」ウィリアムズはきいた。

「氏名、生年月日、活動――プロファイルはない。そういうものは必要ないんだ。いまだに、なにもかもその人間の出自が重要だからだ」

「それはデジタルデータですか？」

クルメックは首をふった。

「わかりました。どのみち、彼に接近する人間は、そういうことを知っている必要はありません」ウィリアムズは答えた。

「どういうふうに接近する？」

「ブリーン少佐は犯罪者を扱った経験が豊富で、彼らのことをよく知っています。いい考えがあるはずです」

「合法的な手段だろうね？」

「将軍、少佐はいまわたしたちが必要としているような計画を示してくれるでしょう。ここから現地へいくあいだに、それをまとめあげます」

クルメックは、その戦術に感謝し、ウィリアムズの自信に満ちた返事を重んじたが、まだ煮え切らなかった。ウィリアムズは、デスクのほうに身を乗り出した。

「将軍が描写した人間は、社会に適応できない人間でもテロリストでもありません。利益のためにこれをやるずる賢い男だが、楽しんでいるにちがいない。そう確信しています。連絡してこないのは、事件後の影響を味わっているからかもしれないし、つぎにどうやってわたしたちを叩きのめすかを考えているからかもしれない」

「それが適切な分析だろうな」クルメックは認めた。

「そうです。ですから、わたしたちが主導権を握らないと、後手にまわって、ふたつのうちひとつのことが起こります。わたしたちが運をつかむか、やつが勝つかです。わたしたちが行けば、この男と五分五分の勝負になる」

クルメックは、管轄や資源を部外者と分かち合うのを好むような男ではなかった。プリンス・エドワード島に行きたいというレイバーンの要求を呑んだのは、自分たちが何年も前にやったことの秘密がばれたかどうかを知りたかったからだった。レイバーンはいま行方がわからない。

「表に出ていない事情があるんだ」クルメックは、ひとりごとのように、漠然とした言葉を口にした。

「どういうことですか?」

クルメックは、疲れた目でウィリアムズを見据えた。「わたしにはきみと少佐がいる。突きとめなければならないことがある。現地まできみたちを送り届けるのに、九十分かかる。身分を偽装している運転手が出迎える。今後、わたしたちが連絡を取り合うかどうかはべつとして、きみたちに数時間の余裕をあたえよう。それでいいかね?」

「たいへんありがたいです。感謝します」ウィリアムズはいった。「イースト・ロンドンに、ほかに工作員はいますか？」

「情報提供者、監視員——戦闘員はいない」

ウィリアムズは、ほとんどわからないような笑みを浮かべた。現地の兵士は、ウィリアムズとブリーンだけだ。南アフリカ人はいない。惨憺たる結果になっても、だれも非難されない。

「副官が空の便を用意する。現金はあるかね？」

「二千ランドほど」ウィリアムズは答えた。

「じゅうぶんに足りる。HAZMATスーツはあるんだね？」

ウィリアムズはうなずき、向きを変えた。

「幸運を祈る」ウィリアムズが出ていくときに、クルメックがうしろから声をかけた。

本気でそういったのだと、ウィリアムズにはわかっていた。クルメックは、毒物の雲に覆われている国の軍服を着ている。大局とは関係ないことだが、ふと思った。前のオプ・センターを運営していたときに、自分はあからさまな縄張り意識を示したことがあっただろうか？　なかったことを願った。

ウィリアムズがオフィスを出たときには、副官がすでに電話で指示を聞いていた。

「はい、将軍」女性の副官がいった。前に立っていたウィリアムズには目を向けずに、電話をかけた。「飛行場、第三セクション」といって、電話を切った。

ようやくウィリアムズのほうを見た。海軍情報局（ONI）で出会うような無表情な顔で、ウィリアムズは気に入らなかった。

「スウェイン参謀副長が、プレトリア中央空港までお送りします」副官がいった。

「イースト・ロンドンの連絡員の名前も、参謀副長がお教えします」

「ありがとう」ウィリアムズはいい、急いで階段へ行った。

副官は、ウィリアムズの幸運を祈らなかった。

30

南アフリカ　イースト・ロンドン
十一月十二日、午前八時四十九分

オフィスのドアは閉まっていた。デスクの奥でオフィス用椅子を軽く揺らしながら、フォスターはコーヒーをひと口飲み、カティンカのほうを向いた。

カティンカはフォスターのななめ右で、身をこわばらせて革のソファの端に腰かけていた。いつもなら郵便物を入れるプラスティック容器に、ＨＡＺＭＡＴマスクが何枚もはいっていた。カティンカは、なにも感じずにぼんやりしていたかったが、じゅうぶんに体を休めたので、考えずにはいられなかった。そのため、怯えたり、胸苦しくなったり、落ち込んだりして、泣きそうになった。泣いているのをフォスターに見られたくなかったので、どうにかして涙を拭おうとして、そっぽを向いていた。

フォスターが気づいているのかどうか、カティンカにはわからなかった。社員が出勤しはじめていた。オフィスにはいりながら、彼らはしゃべっていた。〝バッティング橋の恐怖〟という見出しになった事件の話をしているにちがいない。フォスターのオフィスのドアが閉まっているので、だれも話しかけなかったが、どう受け止めればいいのだろうとでも思っているように、社員八人がフォスターのほうをときどきちらりと見た。

なにもわからなかった。フォスターはいつもどおり無表情で、顔に動きはなかった。

「おれは電話をじっと見ながら考えてた」長い沈黙のあとで、フォスターがいった。

「これを政府には売りたくない」

「身柄を保護してもらうために、ということね」カティンカはいった。非難ではなく、事実を確認する口調だった。

「そのとおり。プレトリアが兵器化されたコアサンプルをどうすると思う？　おれたちが所有する農地の七〇パーセントを白人から取りあげるのに使うだろう」

こんどは、カティンカが非難する目つきになった。「それが背後の事情なの？」

「なにが背後の事情なんだ、カティンカ？」

「わかっているくせに」

「体制への反動的な攻撃が、もともと偏向していたのが、逆側に傾いたということか？　おれを兄貴とおなじだと思ってるようだな。おれはそんなに政治的に見えるか？」

「いいえ。でも、その口ぶりだと――」

「それは事実だ、この国の人間がとことん愚かなのが問題じゃないのか？　平等という口実で、そいつらは有能な農民を肌の色を理由に殺して、肌の色を理由に無能な農民に入れ替える」フォスターはマグカップを乱暴に置き、カティンカのほうに椅子をまわした。「だが、これについてはおまえのいうことが正しい。馬鹿なやつらにこれ以上、人生と仕事を邪魔されないように、おれはでかいことをやる。おれ、おまえ、おれたちが闇の仕事をやらなきゃならないのは、馬鹿げた規制と独占企業の賄賂のせいだ。正直いって、この制度がまたバラバラになって再建しなきゃならなくなっても、いっこうにかまわない。ほんとうの平等を押しつけるには、男、女、集団がなにかを支配しないといけない――報復じゃなくて――そういう男、女、集団は、偉大な愛国者になる」

フォスターは、椅子をデスクのほうに戻した。

「おれが最初の電話でやりたかったのは、この絶大な力を支配している人間がいるのを、世界に知らせることだった。つぎはそれをどう使うか決めなきゃならない。金で動く体制をテロで叩き潰して金持ちになるか？　それともその力をだれかに譲り渡して金持ちになるか？」フォスターは首をふった。「おれはそれを決められないんだ、カティンカ。おまえはいまも、武器商人か外国の軍隊に売ったほうがいいと思ってるのか？」

「なにが手にはいったか気づいたときに、そう思った。売るか、交渉するか。それ以上、考えなかった」

「買い手が試すだろうと気づいてたはずだ」

カティンカは首をふった。

「おいおい、カティンカ。これがどうなると予想してたんだ？　おまえたちのせいで旅客機が墜落したという話を、北京かテヘランが鵜呑みにするはずがないだろう？　やつらは囚人を使って試すだろうな。どこかの辺鄙な村で」

「いま気がついた……考えてなかった」カティンカは、正直にいった。

「だろうな。おれはここでそういうことをずっと考えてた。それに、おまえを批判してるわけじゃない。おまえが分析と掘削が得意なように、おれはそういうことが得意なんだ。そして、これが現状だ」フォスターは、口をすぼめてうなずいた。「プレトリアはどうでもいい。どこかべつのところへ持っていこう。ニカス・ドゥミサに連絡する。やつは世界中の政府にコネがある。そのあと、ミラに電話して、ここから連れ出してもらう」

そのふたりの名前を聞いて、カティンカはさらに気分が悪くなった――ことにミラ・マーチは、金持ちの男たちの家での〝仕事〟に貧乏な若い女を提供している。自分はフォスターにとってただの教育程度の高い従業員ではないかもしれないという馬鹿な考えに囚われていたカティンカの頭のなかで、自責の念がいっそう強まった。

ああ、なんて馬鹿だったの。

だが、不意に悟ったからといって、フォスターが正しいことに変わりはなかった。もうこれに深く関わっているのだ。フォスターを当局に密告しても、自由の身になれるわけではない。何度も法律を破っているし、最大の罪は大量殺人の幇助だった。それに、当局にどこへ行ったかを明かさなければならない。だれかがそこへ行くはずだ。彼らがサンプルを手に入れて、実行する。おなじことを。フォスターがいったように。

これを切り抜ける方法はひとつしかない。このまま進むことだけだ。好き嫌いに関係なく、いまスワジランドに電話している男と離れられないのだ。

思いがけない客が正面ドアに現われたので、フォスターは電話を終えられなかった。十数人が来ていた。

31

南アフリカ　プレトリア
十一月十二日、午前九時

ターボシャフトエンジンを搭載しているロビンソンR66ヘリコプターは、乗り心地がよく、静かで、プレトリアの騒音からのありがたい休憩になった。ブラック・ワスプが南アフリカに到着するまで、長時間の空の旅を経ていたから、なおさらだった。ウィリアムズとブリーンが、三人目と四人目の乗客用の後部座席に装備を置き、ヘリコプターが離陸したとき、マット・ベリーからメールが届いた。

ＦＢＩは録音の二音声は九五パーセントの確率で同一だといっている。

ブリーンには、意外ではなかった。ウィリアムズを待つあいだ、無駄に過ごしてはいなかった。国家偵察局からのデータを注意深く調べていた。イースト・ロンドン警察からの報告に録音されていた通話の電波と、〈カール・ヴィンソン〉が傍受した無線通信によって、ほぼおなじ位置が突き止められていた。

「それで、どうやって接近するんだ」ウィリアムズは、専用のヘッドセットを使ってきいた。パイロットとも話をして、指示を下すことができるが、盗聴されるおそれはない。

「最終段階を考えると、ふたつの要素から成っています。まず、できるだけ多くの金を、できるだけ早く手に入れる。つぎに、できるだけ早く、南アフリカから脱出する。プレトリアはやつを大量殺人で裁きたいでしょう。やつはべつの安全な場所へ行くしかない」

「たとえば？」

「待っているあいだに、南アフリカと国外逃亡犯引き渡し条約を結んでいない国を調べました。たとえば、中国へ行けます。パキスタン、ベネズエラ、エチオピア――」

「給油済みのジェット機を待たせているだろう」

「まちがいなく。ですから、あまり策略を用いずに接近することを提案します」ブリーンはいった。「われわれは身分を偽らないほうがいい。それに、この男にすぐさま目を付けたのはわれわれだけではないかもしれないと、予想すべきです。中国は、微生物を掘り起こすのと、やつに保護を提案するという二面作戦をやるかもしれない。それにより市場を独占する。もうひとつ、フォスターには共犯がいて、べつの買い手に余分な品物をべつの場所で売るかもしれない——」

「急に動いてはだめだな」

「そうです」

ウィリアムズは首をふった。「事実を突きとめるのが、われわれの任務ではなかったのか?」

「それより力強くやります」ブリーンはいった。「われわれはこいつと会って、先手を打ち、国防総省がなにもかもほしがっているといいます。圧力をかける手立てもありますよ。買い手になる可能性がある国が、プリンス・エドワード島に行ったことを教えるんです。いま売らなかったら、やつは恐喝するしかない。南アフリカの人口についての感情が分断していることを思うと、高級品を安売りする感じになる。プレトリアは安値をつけるだろうし、われわれの提案の有効期限は短いというのを、やつにわからせる必要があります」

「やつが同意したら」

「わかっているでしょう。われわれの軍はこの微生物をほしがるに決まっていると、わたしは思いますね」

「ほんとうに買ったほうがいいと思っているのか？」

「目的はそれでしょう？　フォスターから取りあげ、フォスターかほかのだれかが、またおおぜい殺さないようにすることが」

最後の部分は、言葉そのものではなく口調が、法廷での弁論のようだった。たとえ自分たちの側が大量破壊兵器を所有すべきだとしても、それは正しいことではないと、ブリーンは非難していた。

「いいとはいえないが、理解はできる」ウィリアムズはいった。

「有罪だとわかっている殺人犯を弁護するようなものです」ブリーンがいった。「アメリカ育ちのそういうテロリストを弁護したことがあります。どういうふうに過激になったのか、そいつが理由をわたしにいいました。胸が悪くなりました。そいつはバンでスクールバスにつっこみ、子供ひとりが片脚を失い、もうひとりが失明しました。そんな極悪非道な人間を弁護しなければならなかった。自分の感情とは関係なく、精いっぱいやらなければならない。あなたもおなじです――これを早く推し進めるには」

ウィリアムズは笑った。「気がついたんだな？」

「かつては司令官だった……」

「そうだ」ウィリアムズはいった。「グレースとリヴェットが連絡してくれればいいのにと思っている。あっちでなにが起きているか、新しい情報があれば、フォスターにそれをぶつけられる」

「ブラック・ワスプはそういう仕組みではありません」ブリーンがいった。

「それがよくわからないんだ」

犯罪学者でもあるブリーンは、それ以上なにもいわなかった。静かになっただけではなく、口を閉ざした。

ウィリアムズは、ブリーンの顔をじっと見た。「わたしに話していないことがあるんだな？」

「あなたが解き明かしていないようなことは、なにもありません」ブリーンは答えた。「これは推測です。ブラック・ワスプの訓練を開始したときから、ただの精密攻撃特殊作戦のテストではないことは明らかでした。国の軍隊の任務における指揮構造、構想、実行などすべての再考です」

「官僚用語では〝モルモット〟というんじゃないのか」

ブリーンは、薄笑いを浮かべた。「遺伝子の継ぎ合わせも含めて。グレースがいいましたよ。彼女とジャズは陰と陽だと――正反対で、合わさると完全になる。ふたりは、さまざまな訓練の手順を実行する必要がない。状況を観察して、進化する分析を提案するのが、わたしの役目です。あなたの役目は、わたしたちをメインフレームと接続することでしょうね。この場合、メインフレームとはホワイトハウスでしょう。軍にはもとから軍事的手段がある。ホワイトハウス西館にはない。制御する力をあたえずに、彼らはあなたにチームを派遣する能力をあたえた」

「使い捨てできる、なにをしでかすかわからないチームをつかうことで、図体（ずうたい）のでかい肥満した特殊任務部隊の指揮機構を無用にしたんだ」ウィリアムズはいった。

「そうです。軍が、命令されない限りぜったいにやらないことです。数兆ドルの予算がありますからね。それに、この新しい仕組みは部品が交換できます。ジャズとグレースを失ったら、べつのふたりを呼べばいい。わたしたちが失われてもおなじです」

ブリーンはすこし考えた。「撤退しますか、チェイス？　それも視野に入れているんでしょう」

「たしかに」

「実験的な〝状況指揮(シチュエーショナル・コマンド)〟というのはごまかしです。まったく異なるふたつの案、ブラック・ワスプと宇宙軍は、アメリカ軍の新顔として育てられています。前者は見えない——われわれが追っている微生物とおなじように小さく、機動性が高い。後者は高みにいて、まるで神のようです。超音速核ミサイル、潜水艦、核兵器のサイロや地下壕(ごう)から、さまざまな国や国境に地獄を降り注ぐ——いつでも、どこでも、あらゆる大きさのターゲットを破壊できる。その両者の中間の軍隊は、はずされたんです」

ウィリアムズはすぐさま全体像をつかんだ。「アメリカ軍だけではなく、世界のそのほかの軍は、すべてでかくなりすぎで効率が悪い」

「そのとおりです。そして、ブラック・ワスプは、特殊部隊が殲滅(せんめつ)できない相手の首を、斬(き)り落とすことができる」

ブリーンの分析に、ウィリアムズは満足すべきだった。それが事実なら、家族から遠く離れて危険地帯に送り込まれる将兵を大幅に減らすことができる。

宇宙を飛行したり、月面に着陸したりする人間はべつとして。

通常は氷河のように進むのが遅いプロセスで、すばやく激動する地盤にいられることにも、大喜びするか、すくなくとも感謝すべきだった。だが、遅いのには理由がある。安全策が備わっている——指揮構造だけではなく、トップダウンの意思決定手順にも。コンピューターが国防即応態勢のレベルを決める仕組みだったら、ブラック・ワスプのようなチームが誤った方向に導かれ、ターゲットになるおそれがあるのではないか？

かつて指揮官だったから、そう考えるのか……。

ウィリアムズは溜息（ためいき）をついて、流れ過ぎる田園地帯を眺めた。アメリカ中部にあるようなコミュニティ。芝生、プール、車。それがジャングルや川のある地域と接し、鮮やかな色合いがいかにも情熱的なアフリカらしかった。

ウィリアムズのいまの生活とおなじように、なじみがあるとともに、不意に異質になる土地だった。

それは自分にとって大きな問題ではない。ウィリアムズは自戒した。ささやかだが重要な役割を果たしているだけだ。問題を解決することに集中し、ブラック・ワスプをさらに世界に送り出すかどうかを検討するデータをシンクタンクに提供するのだ。

ウィリアムズは、景色から目を離して、メールを見た。クルメック将軍からのメールで、ウィリアムズだけに宛（あ）てていた。ウィリアムズはそれを読んで、悪態をついた。ウィリアムズがもっとも恐れていたことが、ブラック・ワスプにふりかかった。よりによって、精鋭部隊が見当違いの理由から、真犯人の居場所を急襲していた。

〈テリ〉の残骸が発見された。イースト・ロンドンのターゲットに特殊任務部隊(STF)がいて、大混乱が生じている。

32

南アフリカ　マリオン島
十一月十二日、午前十一時

モールM‐7‐235C水上機は、フロートの下に小さな車輪があるので、水面と陸地の両方におりることができる。このあと、飛び立つのもおりるのも水上ならうれしいと、グレースは思った。

グレースはシスラから携帯無線機を借りて、ファン・トンダー中佐と話をしたいときには中継してほしいと頼んだ。

「なにかの理由で着陸が遅れた場合に」グレースはいった。

リヴェットには、その言葉の意味がわかった。わかったつもりだった。

そのあと、グレース、リヴェット、ライアン・ブルーアが海岸沿いの岩棚を通り、岩の多いクローフォード湾へ行った。三人のなかで有色人種はリヴェットだけだったので、顔を剝き出しにしたほうがいいだろうと判断した。民間機のパイロットは、アジア系や白人のボーア人ではなく、南アフリカの黒人が来ると予想しているはずだ。引き潮のおかげで、岩は鳥の糞がほとんど洗い流されていたが、丸っこい大きな岩は藻や波の泡で滑りやすかった。

「あそこに南極大陸がある」リヴェットは、海のほうを眺めて立ったまま、何度もいった。カリフォルニア南部で生まれ育ったリヴェットは、なんとか暖をとろうとして、しきりと体を動かしたりよじったりしていた。「あっちはものすごく寒いんだろうな」

「たしかに向こうにあるけど、二〇〇〇海里くらい離れてる」ブルーアがいった。

「おれはサンタモニカ・ビーチに立って、夕陽を眺めながら思ったことがあるぜ。あっちに日本があるって」肩をすくめた。「おなじだろ。海の道だ。道があれば、そこへ行ける」

　飛行機の低い爆音が響いて、鳥の群れが散らばり、三人は身を低くした。さまざまな大きさの海棲哺乳類（かいせいほにゅうるい）が、西のほうで海に跳び込み、海水を飛散させながら、音がうるさくない場所を目指した。トドやいろいろな種類のオットセイが、多種多様な鳥とおなじように入り混じっていることに、グレースは気づいた。不和や不一致は文明の産物なのだ。

九〇度に体をよじったり跳び込んだりしているシャチだけが嫌われて、避けられていることに、グレースは目を留めた。それにはもっともな理由がある。シャチの黒と白のなめらかな肌が陽光や海水のなかできらめき、大きくて官能的な背びれと相まって、グレースの必殺技である太極拳を学ぶ武当山の道士が着るシルクの稽古着を思わせた。

「ほんとうに助かった」乗降口をあけながら、リヴェットはぼそぼそといった。

パイロットはマスクをしていて、ヘッドホンをかけているので聞こえないことを、手ぶりで示した。好都合だと、グレースは思った。リヴェットは南アフリカ人には見えない。ときどき、極端に陽気な態度になることがある。

グレースとブルーアは、顔を見せないようにして乗り込んだ。三人ともマスクをして、一分後には離陸していた。

マリオン島の低い山々やごつごつした地形の上を低空飛行するあいだ、グレースはもっと小さいプリンス・エドワード島に目を向けていた。中国軍から南アフリカ軍だと思われることはないとわかっていた。機体に南アフリカ軍の標章や徽章がない。違法に上陸した中国軍には、ロシアかアメリカだと思われるかもしれない。

そのどちらでも、厄介なことになるだろう。

対決を避けるには、ファン・トンダー中佐に期待するしかない。彼に短い演説で示したとおりの気骨があることを、グレースは願った。

飛行には十五分もかからなかった。グレースとリヴェットは、そのあいだに中国軍の位置を把握しようとした。コルヴェットが沖で錨泊しているのが見えたが、微生物が解き放たれた場所は、ふたりの位置からはよく見えなかった。

M-7水上機は、ヘリコプターの八〇〇メートルほど東の平原を目指した。上を通過してから、パイロットが首をふり、前方を指差した。

着水するしかないようだった。

パイロットが指差したのは、ヘリコプターがとまっている岩棚に向けて傾斜している岩場だった。リヴェットがグレースの顔を見てうなずいた。着水するほうが、ターゲットの近くへ行ける。ファン・トンダーのところへは、ブルーアが独りで登っていけばいい。

水上機が、東の岬の上を通過した。その岬は、海に向けてななめに突き出していた。RHIBとシップ・ロックを、グレースの目が一瞬捉えた。つぎの瞬間、水上機は岩場の下に降下し、横滑りしながらやかましい音をたてて着水した。パイロットができるだけ陸地に近づけたので、岩場との距離は五、六メートルしかなかった。救難作業員が現場へ行くのに使ったらしく、膨張式ボートは収納されているはずの部所になかった。三人は、腰まである冷たい水のなかを歩くしかない。

リヴェットとグレースは、潮流のせいで前後左右に揺れている水上機の、あいた乗降口に立っていた。マスクの下でリヴェットが悪態をつくのが聞こえた——言葉を聞き分けられるくらい大きな声だった。

グレースは、リヴェットのほうを向いて、顔を近づけた。「問題の場所に中国のRHIBがいるのが見える！　あそこへ行かないといけない！」

「どうやって？　泳ぐのか？　この冷たい潮の流れのなかで？」

「いいえ、もっといい考えがある。ファン・トンダーの通信を聞いたでしょう？」

「それがどうした？」

グレースは、手をふってその質問を斥けた。「わたしが動いたら、乗降口を閉めてついてきて！」

リヴェットが、親指を立ててみせた。

グレースは手ぶりで、ブルーアにそのまま動かないように合図した。それから、キャビンにひきかえし、座席の上からパイロットのほうへ身を乗り出して、マスクを強く叩いた。

「エンジンを最小出力（アイドリング）にして」

　パイロットが身をこわばらせた。

「よく聞いて」グレースはいった。「どこへも行かない、アイドリングにしにしないと、エンジンをとめる！」

「やめろ！」パイロットが叫び、操縦輪の右の黒いノブを押し込んだ。エンジン音が静かになった。

「救命筏（いかだ）はないの？」グレースはリアシートの後部を顎（あご）で示した。

「積めなかった——医療品が多くて」

「わかった。それじゃＳＯＳを発信して」グレースは命じた。「シージャックされたといって！」

「だれに？　あんたはだれだ？」

「いわれたとおりにしないと、わたしはあなたがこの世で見た最後の人間になる」グレースは自分の目つきを見せるために、パイロットの顔を自分のほうに向けた。「無線で、中国人に飛行機を乗っ取られたといいなさい」

　パイロットが、顔を戻さずに計器盤のダイヤルを動かした。周波数のデジタル表示が、非常用周波数からもっと広範囲な周波数帯に変わった。

「こちらは民間航空局（CAA）、Ａ７５０Ｚ（アルファ・セヴン・ファイヴ・ゼロ・ゼッド）」パイロットはいった。「中国人乗客に乗っ取られた！」

「シップ・ロックの約二分の一海里南西、ヴール岬の沖で中国人の負傷者を手当てしているといって！」

パイロットがその言葉をくりかえし、グレースが無線を切るよう命じた。グレースは片手でマスクを押さえたまま、無線を切らせた。それから、立ちあがるよう合図した。

「シートの背もたれの上でかがんで、両腕を前に垂らして」

パイロットがいわれたとおりにした。リヴェットを見て、わけがわからないという顔をした。

「おれは裏切り者なんだよ、あんた！」リヴェットはいった。「敵に買収されたんだ」

「いいわ」グレースがあとを受けていった。「そして、わたしがあなたの通訳」

「まあ、それは事実だし」リヴェットはいった。

「そこに縛りつけて」リヴェットが即興で調子を合わせられるのに感心して、グレースはなおもいった。都会で生き延びるには、そういう知恵が必要なのだろう。

　グレースは、副操縦士席側のショルダーハーネスを切り、それをリヴェットに渡した。リヴェットが一本でパイロットの手首を縛り、もう一本で座席の枠につないだ。パイロットの頭の上には、座席を乗り越えられるような隙間がなかった。

「心配しないで」怯えているパイロットに、グレースはいった。「暴れなければ、生き延びられる」

「マスク越しに叫べるかも」リヴェットが注意した。

「風と波とプロペラの音で聞こえないでしょう」

　グレースは、縛り具合をたしかめているリヴェットの横を通った。乗降口へ行き、外を見た。四分の一海里北東が、島の突端だった。ＲＨＩＢの中国軍水兵は、まちがいなく調べにくるだろう。前哨基地の水兵と連絡がとれなくなっているし、ファン・トンダーの送信も聞いたはずだ。彼らが前哨基地から撤退せざるをえなくなり、負傷者もいて、水上機を乗っ取ったのだと判断するにちがいない。

　嘘かもしれないと疑っても、彼らは調べに来るしかない、とグレースは判断した。待っているあいだ、水上機の揺れは、重心を定め、バランスをとる練習になった。

　リヴェットは、ブルーアのほうへ行った。

「あんたとパイロットをやつらに見られないようにするっていう計画だ」リヴェット

はいった。「ポケットナイフを持ってる？」

　ブルーアが、跳び出しナイフをポケットから出した。

「南アフリカ海軍（SAN）の標準装備じゃないね？」リヴェットはにやにや笑った。

「まだ不安定な国だからね」ブルーアがいった。「ときどき、自分の国の人間を驚かせなきゃならない」

　リヴェットはまわりを見て、ロープ付きの救命具を見つけた。「それじゃ、おれはあんたを座席に縛りつけるから、おれたちが行ったら自分で縄を切ってくれ」

「けっこうだが、それじゃおれのやることはほとんどない」

「崖の上に仲間がいるだろう」リヴェットはいった。「どういう成り行きになるにせよ、これが終わったら、助けにいけばいい」

「そいつはいい」ブルーアは、手を差し出した。「ありがとう。それに先祖の言葉でいうなら、トトシーンズ」

「さよならってことだな？」

「もっと正確にいうと、また会おうってことだ」ブルーアが教えた。

「ここでこんちはっていうのは？」

「ズールー語で？」

「それでいい」

「サウボナ」ブルーアが教えた。

ブルーアは座席に戻り、リヴェットに救命具のロープで縛られた。

「あいつは撃たれたり凍えたりするかもしれないけど、溺れはしない！」グレースのそばに戻ったリヴェットがいった。

キャビンの暖かい空気はありがたかったので、グレースはそれが体に染み込むままにした。暖かさを味わっていられるのも、短いあいだだろう。

そのとおりになった。

「くそ！」視界にはいったものを見て、リヴェットがいった。「おれの相棒はマジシャンだ！」

前方で、武装した水兵四人が乗るゴムボートがうしろの水面を真っ白にかき混ぜていた。

「計画は？」リヴェットがきいた。

「あいつらしだいよ！」グレースは答えた。「わたしの手本どおりにやって！」

33

南アフリカ　イースト・ロンドン
十一月十二日、午前九時十一分

「おれといっしょに来ないと死ぬ」

　フォスターの低い声が、教会の鐘の音のようにカティンカの耳朶(じだ)を打った。抗弾ベストをつけた十数人が、武器を高く構えてオフィスにはいってくる音を聞いて、カティンカはふるえた。

「どうするつもり?」特殊任務部隊(STF)チームが、慎重にデスクのあいだを進み、社員全員を包囲し、監視するあいだに、カティンカはきいた。

「あのチームには、海難救助隊のやつがひとりいる。ヨットの残骸か死体を発見したにちがいない。連行されたら、なにもかもばれる」

　フォスターは、椅子をまわした。デスクの蔭にしゃがんで、外のオフィスに背を向け、ガスマスクをつけて、微生物の容器を取った。フォスターのオフィスのガラスは防弾だが、ドアは密封される仕組みではなかった。

「だめ、やめて」カティンカはいった。

「マスク」蓋をねじりながら、フォスターが聞き取りにくい声でいった。「つけろ！」

　カティンカは泣きながらいわれたとおりにマスクをつけた。特殊任務部隊の隊員ふたりが、すでにオフィスに近づいていた。

「そこから動くな！」先頭の女性隊員が叫んだ。黒人で、ガラス越しにヴェクターSP1セミオートマティック・ピストルでフォスターに狙いをつけていた。

「やめなさい」隊員がフォスターに命じた。

　フォスターは、彼女が跳びかかることができないように、横に動き、蓋をはずした。

「逃げて！」カティンカが、外のオフィスのほうへ叫んだ。

　隊員たちが、動くのをやめた。相手が何者で、どういう状況に跳び込んでしまったかを、一瞬にして悟ったのだ。

「みんな、出ていって。社員も！」チームリーダーが、拳銃をドアのほうにふりながらわめいた。

デスクが押され、椅子があちこちに散らばった。パニックを起こしたＭＥＡＳＥの社員と、そのうしろにひしめく特殊任務部隊(ＳＴＦ)隊員たちで、逃げ道のドアがたちまち詰まった。

チームリーダーが息をとめ、いかにも腐敗している警官らしい目つきであとずさったので、カティンカは〈テリ・ホイール〉に残っていればよかったと思った。たちまちオフィスにはだれもいなくなり、カティンカに聞こえるのは、自分の苦しげな呼吸だけだった。フォスターが耳を澄まし、ふたりはオフィスで待った。一分近くたって、フォスターがマスクの下でにやりと笑った。

「もう行ってもだいじょうぶだ」フォスターがいった。「聞いているのか？」

カティンカは聞いていなかった。絶望して首をふった。

「やつらは階段にいる」フォスターがいった。

「なのに、じっと待ってるの？　どうして？」

「咳」フォスターはにべもなくいった。

「なんてことなの」

フォスターは、蓋をあけた容器を、もう一本の容器とともにバックパックにいれて、小ぶりなルガーＳＰ１０１リヴォルヴァーとプリペイド式携帯電話一台を、デスクの引き出しから出した。

「行くぞ」フォスターはいった。

ドアのロックを解除し、先に出ていった。椅子やデスクが散乱しているところを通りながら、耳を澄ました。泣きながらよろけて歩いていたカティンカには、目もくれなかった。つぎの動きを入念に練るのに気をとられていたからだ。急ぐことはない。じっくり時間をかけるほうがずっと安全だ。

ドアがあいていたので、フォスターは外を見た。

さきほどフォスターのオフィスに迫った特殊任務部隊の隊員ふたりが、手足をひろげて階段に倒れていた。リーダーはうつぶせになり、カエルのように痙攣していた。相棒はその下でタイルにうつぶせになっていた。咳き込み、両腕をつっぱって体を起こそうとしていた。起きられなかった。

「助けてあげて！」カティンカは口走った。

「どうやって？　一発撃ち込むのか？　どうせ死ぬ。わかってるはずだ」フォスターは答えた。

口から血が流れはじめ、咳き込むたびに血を撒き散らしていたリーダーの体をよけて、フォスターは進んだ。微生物が服に付着しないように、ふたりは慎重に血飛沫を避けた。

正面出入口まで行くと、フォスターは通りに目を向けた。生き残った特殊任務部隊の隊員たちが避難を命じたので、あたりにひと気はなかった。ほとんどの人間が無事のようだった。咳をしているのは数人だった。車のディーラーの社員は気の毒だったと、フォスターは思った。急いで避難したので、警告するひまがなかったのだろう。フォスターはそこを目指していた。

カティンカは、フォスターのウィンドブレーカーをつかんで、顔を近づけた。

「蓋を閉めて！」懇願した。

「逃げたあとで閉める！　だれも追ってこられないようにしなきゃならない！」

「だめ！」

カティンカがひっぱったので、フォスターは腹立たしげにふりむいた。銃口をカティンカの頬に押しつけた。「ここにいたければいろ。だが、邪魔をするな！」

フォスターが通りに目を戻したときには、特殊任務部隊隊員数人と歩行者がすでに膝を突き、何人かは体をふたつに追っていた。フォスターのバンは表にあったが、警察に撃たれるおそれがあるので、外には出たくなかった。地下がディーラーとつながっていて、スペアパーツや共用のオフィス用品の倉庫に使われていた。フォスターはキーパッドに暗証番号を打ち込んでドアをあけ、コンクリートの階段をおりていった。

「上に行かせて。避難するよう注意するから」カティンカは哀願した。

「わかった」フォスターはいった。「急げ」

カティンカは狭いスペースを横切り、向かいの階段を駆けあがった。途中でとまった。つぎの瞬間。セールスマンふたりが両手と口を血だらけにして、転げ落ちてきた。

フォスターが駆け寄って、ひとりずつ階段の下へひきずりおろしてから、カティンカを押して進ませた。

「裏にバンがある。行け！」フォスターは叫んだ。

脱走用にフォスターがいつも用意してある車だった。不器用な特殊任務部隊ではなく顧客から逃げることを想定していたのだが、いまはそんなことはどうでもよかった。バンはショールームの裏手にとめてある。カティンカがショールームでマネジャーのそばへ行ったときには、もう手遅れだった。マネジャーはまだデスクに向かって座り、合点のいかない顔で、血走った目を見ひらいていた。顎の上を血が流れ、きれいなネクタイを伝っていた。そのとき、マネジャーはデスクに突っ伏した。

「来い！」フォスターがわめいた。

カティンカは、夢遊病者のような動きで、フォスターのあとから裏口を出た。陳列されている車のおかげで、遠くに隠れているかもしれない警官からは見えないはずだった。

フォスターがリアドアを乱暴にあけて、バックパックをほうり込み、カティンカに助手席に乗るよう命じた。カティンカは容器の蓋を閉めてほしいといいつづけたが、フォスターは遠くへ行くまでそうするつもりはなかった。どのみち、南アフリカはこれまでずっと、通りを覆う死の雲にさいなまれてきたのだ。

「こんなことが起きるなんて！」カティンカはうめいた。

フォスターは、カティンカに黙れとはいわなかった。カティンカは若く、経験が浅く、世慣れしていないので、理解できないのだ。

肌の色という壁でこの社会と金融が腐敗している国に平和がもたらされるという浅はかな考えが、これによってまた打ちのめされたにちがいない。

フォスターは、ポリス・スキャナー（電波を発信している周波数を自動的に探す受信機。警察無線などの傍受に使われる）のスイッチを入れて、車の列のあいだをゆっくりと走らせた。特殊任務部隊（STF）チームは、明らかにHAZMATマスクを準備することを思いつかなかったようだった。車が何台もとまっていたところには、警官もだれもいなかった。

裏の大型ゴミ収集コンテナに向けてサッカーボールを蹴っていた男の子だけがいた。

その子は仰向けになって死んでいた。ボールが横にあり、男の子が横たわる血だまりにくっついていた。

フォスターはそれを気の毒に思い、これから通る住宅地へ行く前に、運転しながら容器の蓋を閉めた。思いやりもすこしはあったが、現実的な行動だった。この微生物がどういうふうに効果を発揮するのか、まだわかっていない。どれだけ残っているかもわかっていない。殺すのをやめる見返りの報酬には上限がある。兵器化の可能性があるサンプルの値段には上限がない。

それが済むと、カティンカは仮面をつけるギリシャ悲劇の登場人物のようにさめざめと泣いた。フォスターは、取引をするためにこれから行く場所のことを考えた。ふたたび邪魔したらどういう代償を払うことになるか、警察に警告するつもりだった。

「どこへでもお望みのところへ着陸するよう、命じられました！」

パイロットが伝えた最新情報は、意外ではなかった。異変が起きたことを、ブリーンはすでに察していた。イースト・ロンドンのヘリパッドに到着する五分前に、近づいてくる警察車両の赤とブルーの回転灯が見えた。だが、ヘリコプターはそれを追わなかった。警察車両は現場への交通を遮断しようとしているようだった。

タブレットに表示した地図によれば、警察はウィリアムズたちの目的の場所を包囲しようとしていた。

「きみはずっと観察――」ウィリアムズは切り出した。

「警察はターゲット地域を隔離しようとしている」ブリーンが遮った。「航空交通はない。やつは微生物を放出したんだ」

ヘリコプターは、ナフーン川のすぐ南の公園に着陸した。「あなたがたが行かなきゃならないところは、八〇〇メートルほど真東です」パイロットがいった。

「ありがとう」ウィリアムズはいった。「風向きは？」

「南西です。どうして？」

「われわれはだいじょうぶだ」ブリーンが、ウィリアムズにこっそりといった。急にマスクを出してパイロットを怯えさせる必要はない。

「機外に出る」ウィリアムズはパイロットにいった。「地上にいるのは、約一時間だ」

「どうしてわかるんですか？　そのあとは？」

「歴史はくりかえす」ウィリアムズは答えた。

「これについて、なにか知ってるんですね？」

「まだじゅうぶんにはわかっていない」ウィリアムズはいった。

とまどっているパイロットを残して、ウィリアムズとブリーンはヘッドホンをはずし、ヘリコプターからおりた。異様な沈黙がひろがっていた。遠いサイレンの音が、なぜかやけに小さく聞こえた。このあたりの住民はあわてて立ち去ったにちがいない。毛布やベビーカーまで残っていて、悲惨な状態だったのがうかがえる。

「すぐに戻ります」ブリーンが急に足をとめて、ヘリコプターのほうへ駆け戻りながらいった。「確認したいことがあるので」

ウィリアムズは、クルメック将軍に電話をかけた。クルメックが間髪(かんはつ)をいれずにきいた。

「司令官、いまどこだ?」

「イースト・ロンドン公園の地上です」

「ターゲットは黒いSUVで逃げて、東に向かった。わかっているのはそれだけだ。航空機はなく、だれも追跡していない」

「死者は?」

「これまでのところ、局地的だ――逃げるためにやっただけだと思う」

「どういう対応になりますか?」

「いま国防省で閣僚たちが会議中だ。軍上層部の顧問は、ミサイル攻撃を推奨するのではないかと思う」

今後の急激な展開が、目に浮かぶようだった。中国が南インド洋にいるし――。

南アフリカには高性能のミサイル防衛・照準システムがない。北アフリカよりも南の諸国はすべておなじだ。南部アフリカ開発共同体が二〇〇三年に相互安全保障を推進しようとしたが、加盟国にはそれを実行する資金がなく、ほとんど書類上のものでしかない。中国の拡大を恐れた南アフリカは、限定的なダイヤモンド採掘権と引き換えにロシアと秘密軍事支援条約を結んだ。

それにより、つぎの超大国の戦場が誕生した、とウィリアムズは思った。フォスターは病院か教会に立て籠もるかもしれないと心配するには及ばない。プーチンがフォスターと生物兵器を持ち出すだろう。もちろん、そのあとでロシアのチームが派遣され、現場を完全に除染する。

そして、サンプルを採取する。

「地上でやつを阻止する方法があるはずです」ウィリアムズは、ブリーンが戻ってくる気配はないかと通りを眺めながらいった。「やつが行きそうな場所は?」

「フォスターの自宅にチームが派遣された。そこに戻るだろうと思ったわけではないが、べつの住処について手がかりがあるかもしれない。特殊任務部隊(STF)の生存者ふたりが、オフィスには女がひとりいて、フォスターといっしょに逃げたようだといっている。女には行き先の当てがあるかもしれない。いま身許を突きとめようとしている」

「給与記録は？」

「調べている。社員かもしれない——合法的な。若くて美人だったそうだ。金で買われるコンパニオンかもしれない」

フォスターにまつわる謎が多いのは、ウィリアムズにとって意外ではなかった。密売業者やブラックマーケットの関係者は、たいがいそうだ。いまここに旧オプ・センターのチームがいてくれれば、どんなにありがたいだろうと思った。ベリーに電話して、イースト・ロンドンのどこかにいるなんの特徴もない黒いＳＵＶを見つけてほしいと頼んでも、結果が出るのに時間がかかる。

「ちょっと待ってくれ」クルメックがいった。「国防省の命令が届いた」口をひらいたとき、クルメックが沈痛な口調でいった。「ＳＵＶを発見したら、ただちに威力の弱いＳＬＢＭで攻撃する」

「将軍、ロシアが保有するもっとも小さい潜水艦発射弾道ミサイルでも、六ブロックほどの範囲が破壊されます。わたしは何度も報告書を作成して、そのことを知っています」

「わたしはこの決定に賛成だ、司令官。それに、やつが地下に逃げ込む前にSUVを見つけるのを衛星で手伝ってほしい——民間航空機は飛行していない。移動しているものはなにもない。遠くへは行けないだろう」

「衛星の支援は行ないます——」

「トマホーク・ミサイルは？」

「将軍、それは必要ないかもしれません。わたしと相棒にチャンスをくれれば——数時間だけ。ミサイルは副次的被害が甚大になります」

「われわれはそれを〝過酷な展開〟と呼んでいます。不幸なことに、わが国の歴史はそういうふうに書かれている」

「だからといって——」

「そういってくれるのかね？　わたしはこれを埋めてしまうつもりだったのに失敗したんだ。決定されたことだ、司令官。支援ありがとう。安全に出国できるようになったら、連絡する」

クルメックが電話を切り、ウィリアムズはブリーンを探した。ブリーンはまだヘリコプターの機内で、パイロットと並んで座っていた。ウィリアムズはそっちへ行った。ブリーンはヘッドセットをかけて、ダイヤルをいじくっていた。

ウィリアムズがそばまで来ると、ブリーンはヘッドセットをはずして、機外に出た。

「最新情報は?」ブリーンはきいた。

「SUVを発見したら、ロシアのミサイルが発射される」

「われわれのパイロットは元空軍で、だれだろうと吹っ飛ばせるといっています」

「はるばるここまで来たのは、善良な人間が悪党だけではなくおおぜいの人間を殺すのを見るためではない」ウィリアムズはいった。「正気の沙汰(さた)ではない。わたしは四十年も軍に勤務していたのに、なにもできない」

「そうとも限りませんよ」ブリーンがいった。

「どうして?　なにをやっていたんだ?」

「南アフリカでは、警察無線を傍受できるスキャナーを民間人が所有するのが違法だというのを、知っていましたか?」

「知らなかった。それがどう役に立つんだ?」

「無線交信をずっと聞いていたんです」ブリーンがいった。「公の情報では、警察の動きはいっさい報じられません。フォスターのような稼業では、スキャナーが必要だとは思いませんか?」

ウィリアムズの表情が明るくなった。「警察の周波数を追跡するやつは、追跡可能だ」

ブリーンはうなずいた。「海と衛星で地域をスキャンし、警察の電波を除外すれば、重罪犯だけが残る」

「周波数は？」

「警察の通信指令周波数は、四〇七九四〇〇〇」ブリーンがいった。

ウィリアムズは、その番号を打ち込んで、ヘリコプターから離れた。パイロットが、あいたままの乗降口のほうへ身を乗り出した。

「あんたたちは何者なんだ？」パイロットがきいた。

「わたしは弁護士、彼は官僚だ」ブリーンが答えた。「どんな作戦でも台無しにする組み合わせだよ」

34

南アフリカ　プリンス・エドワード島
十一月十二日、午前十一時二十分

〝わたしの手本どおりにやって〟というのは、リヴェットがこれまで受けた指示のなかでも、かなり漠然とした指示だったし、耳にはいるのは中国語で、おまけにグレースの顔はマスクに隠れて見えなかった。

グレースが動いたとき、そこで動けばいい、と自分にいい聞かせた。

明るい報せ(しら)は、〝四五口径〟の威力が万国共通だということだった。

武装してHAZMATマスクをつけた水兵四人が乗っているゴムボートは、もっと多人数が乗れるので手薄な感じだった。たぶんマスクの数が足りないのだろう。そうだとしたら、それは役に立つ情報だった。

あいた乗降口にゴムボートが近づくと、艇尾で操縦しているひとりを除き、三人が95式自動歩槍を構えた。距離が六〇メートルほどになると、エイのように青光りするボートの速度が遅くなり、前進の動きとおなじぐらいの幅で左右に揺れた。

太陽がガラスから反射して見づらくなるように、グレースが乗降口をななめにした。

グレースが身を乗り出し、マスク越しに中国語で叫んだ。

ゴムボートの水兵たちは落ち着きがないと、リヴェットは思った。侵攻を開始してから、あまり睡眠をとっていないにちがいない。

ひとりがどなり返した。

グレースは、リヴェットのほうを向いた。「わたしは中国に協力する亡命南アフリカ人の通訳だといったの。ふたりとも出てこいといわれた」

「おれが武器を持ってるのが見えるはずだ」

「持ってるのが当然でしょ?」グレースはいった。「両手を挙げればいいのよ」

グレースは乗降口の端をつかみ、一二〇センチ下のフロートに跳びおりた。フロートを接続している機首寄りのアルミの支柱をつかんだ。リヴェットは、そのうしろにおりるしかなかった――グレースが意図したとおりに。

「こんにちは(サウボナ)!」リヴェットは叫んで、跳び出した。

海水で滑りやすくなっているフロートの上のアクセスパネルから落ちないように、リヴェットがしがみついていると、ゴムボートが揺れながら近づいてきた。全長三メートルほどのゴムボートの船底に、板の座席が二カ所にあった。反射する太陽の光のなかで、水兵ふたりが水上機を見あげていた。

例によってリヴェットの脈拍は速くなった。薄い防寒手袋のなかで、無意識に指を動かした。中国海軍の水兵が発砲することにしたときに、応射して撃ち倒す光景を思い描いていた。そうはならないはずだった。グレースは水兵たちの客として、何事もなくＲＨＩＢまで行くことをもくろんでいた。しかし、リヴェットにはわかっていた。なにか手ちがいが起きたら、この距離でも、グレースは強力な武器を持った敵三人を相手にまわすはずだ。教練でも前の任務でも、それを思い知らされた。

プロペラが突然とまったので、その問題の答が出た。機体にさえぎられて、風も一瞬とまった。パイロットがマスク越しに叫んだ。

中国海軍の水兵が銃口を右に向けたので、リヴェットはキャビンを覗いた。パイロットのブーツの踵（かかと）が、計器盤の黒いボタンを押していた。

「くそ」リヴェットはうめいた。

水兵は調べにいくだろう。パイロットがべらべらしゃべるはずだ。答が出た。

水兵の注意がそれた瞬間、グレースはすでに動いていた。鶴のように両腕を左右にひらき、文字どおりゴムボートに向けて飛翔(ひしょう)した。硬い翼のような手刀を正面の水兵ふたりのマスクに叩きつけて、うしろに倒した。ゴムボートの底が柔らかく、足場が悪いとわかっていたので、そのまま前転した。

リヴェットのところから、あとの水兵ふたりを狙い撃つことができた。銃を手にしていたのはひとりだけだった。だれが最初に血を流すかということは、どんな場合も政治的に厄介な問題になる。交戦規則はつねに、撃たれた場合のみ撃つというものだ。そのためにアメリカ軍の兵士は殺される。リヴェットは、銃を持った男の腕に一発送り込んでから、艇尾の水兵のほうを向いた。その水兵は――訓練か知恵の賜物(たまもの)だろうが――ナイフを抜き、ゴムボートに突き刺して、沈めようとした。

待て、リヴェットはグレースを見ながら思った。

グレースもそれを見ていて、四つん這いで豹のように襲いかかり、肩から体当たりして、水兵を海に落とした。その跳躍で、ゴムボートの艇尾との中間まで進んでいた。グレースは伏せて、猫科の猛獣のような爪(つめ)をのばし、水兵が潮流に押し流される前にその体をつかんだ。膨張式ボートの艇尾に両膝を突いて、水兵を引き戻した。

最初の水兵ふたりが体勢を立て直していたので、リヴェットはどなった。「とまれ！」という言葉の意味はわからなかったかもしれないが、本気だという口調は伝わったようだった。

水兵ふたりが凍り付いた。グレースが艇首のほうに戻ってきて、水兵の銃を回収した。フロートに戻ると、ナイフと、一挺を除く銃を海に投げ捨てた。

「どこの国の銃か、やつらは見るはずよ」グレースはリヴェットにいった。「扱いかたはわかるわね？」

「市販の97式なら完璧に――」

「よかった」

グレースは水上機に戻って、パイロットの頬を蹴った。マスクですこし打撃が弱まったが、それでもバシッという大きな音とうめき声が聞こえた。

「これであなたの貸借は元どおりになった」グレースはいった。スロットルとプロペラ制御のレバーをはずしてから、向きを変えた。

「その言葉の意味はわからないけど、つぎは脚も縛るよ」リヴェットがいった。

「それだと、攻撃的な陽でわたしたちが傷つき、陰で治さなければならなくなる」フロートに戻ったグレースがいった。

リヴェットにはまだ意味がわからなかったが、グレースが相手だとそんなふうだということがわかっていた。グレースがご機嫌なら、それでいい。

グレースはゴムボートに戻り、一列になって水上機に乗るよう、水兵たちに中国語で命じた。ひとりが負傷した水兵の傷口を手袋で押さえて、歩くのに手を貸した。四人が機内にはいり、乗降口と座席のあいだの狭いところへ押し込められると、グレースはひとりから携帯無線機を奪った。マスクのせいで話すのが難しいから、RHIBは報告があるとは思っていないだろう。しかし、無線で命令するかもしれない。グレースは手前のふたりに、パーカーを脱ぐよう命じた。

ふたりがためらった。グレースはいちばん近くの水兵の腹を、掌の親指の付け根で打ち、水兵が体を折った。顎を膝蹴りされ、水兵はすぐに直立した。

「こっちはいらいらしてるのよ」グレースは叫んだ。

ほかの水兵たちが、あわててパーカーを脱いだ。グレースが冷静さを失っていないことを、リヴェットは知っていた。だが、殴られたことで、水兵ふたりは従った。

「片方のを着て」グレースはリヴェットに命じた。グレースのパーカーはすこし大きかったが、それを着るしかない。フードをかぶると、グレースは指揮官らしい水兵に近づいた。「コールサインは？」

「ない」

グレースは、腰に固定してあったナイフを抜いた。相手のマスクのストラップの下に突きつけた。それが二度目の質問の代わりだった。

「アホウドリ」男がいった。

「ＲＨＩＢには何人いるの？」

「五人」

「それだと合計九人。乗ってきたのは――」

「ひとり死んだ」水兵がふるえながらいった。「病気で」

グレースがフロートに戻ると、リヴェットがキャビンのなかを指差した。「後部に救急用品のケースがあるのを、教えてやったらどうかな」

「ありがとう」グレースはその情報を水兵たちに伝え、乗降口を閉めてもいいといった。水兵たちが、すぐさま閉めた。

「おれたちを追って飛んでこないとも限らないだろう?」リヴェットがいった。

グレースがレバーを見せてから、海に投げ込んだ。それから、肘で無線機を壊した。計器盤を二度肘打ちするだけでよかった。冷酷な仕打ちだが、操縦装置は予備があるだろうし、マリオン島の現場には戻れるはずだった。

グレースは、リヴェットにつづいてゴムボートに乗った。リヴェットは小さすぎるパーカーのぐあいを直し、前ポケットに手を突っ込んでいた。

「用意はいい？」グレースはきいた。

「ああ」

グレースは、水兵の携帯無線機をリヴェットに渡した。

「この言葉を憶えて。信天翁(シン・ティエン・ウォン)」

「シン・ワン・ウェン」リヴェットはいった。「コールサイン？」

「そうよ」グレースは船外機のそばに座り、無線機の電源がはいっていることをたしかめた。「マスクと船外機の音のせいでよく聞こえないと思われるといいんだけど」

「こんにちは(サウボナ)でうまくやってほしいな」リヴェットがいったが、船外機のゴボゴボという低い音にかき消された。

グレースは考え込んでいて、リヴェットがそばに座ったときもうわの空だった。

「おれたちを運んできたジェット機を、やつらは見たんじゃないかな？」〝シン・テイエン・ウォン〟を何度か練習してから、リヴェットはきいた。

「コルヴェットからは見えたはずよ」グレースはうなずいた。

「だったら、おれたちがふたりだけなのを見て、不意打ちをかけてくるだろう」

「あなたの腕の見せどころよ。医官を取り戻して、中国人が微生物を持って逃げるのを食い止めないといけない。突入するのに、あまり選択肢がない」

「たしかに」リヴェットは相槌を打った。「そのために必要なことをやらなきゃならない。雀蜂が刺すみたいに。おい、おれたちが殺られると思ったことはあるかな？」

「一度もない」グレースは答えた。

考えたこともないのか、それとも自分たちが血まみれになることはないと思っているのか、リヴェットには判断がつかなかった。マスクをつけていないときに、あらためてきこうと思った。リヴェットはグレースの道士としての信念を尊敬していたので、古代の中国人が勝算や運についてどう考えていたかを知りたかった。

だが、いまは中国製のアサルトライフルが凍り付いたり、作動しなくなっていたりせず、パーカーの下の自分の武器二挺がちゃんと機能することを確認するのが先決だった。


水上機が着水したことに注意を喚起したファン・トンダー中佐が、西の岩壁へ行くと、六〇メートルほど下の動きが目にはいった。

シスラ少尉がアメリカ人たちとその計画を伝えたので、ファン・トンダーはそれに参加したくてうずうずしていた。重要なのは祖国の主権だけではなかった。あらたな大量破壊兵器を外国の軍が手に入れて悪用するのを防がなければならない。

　それは、ファン・トンダーにとってただの任務ではなかった。心の底にある宗教的確信に近い道徳上の信念だった。ファン・トンダーは、シスラのことを誇りに思い、さらに、断崖(だんがい)の下の何者かわからないアメリカ人ふたりの支援に感謝していた。ファン・トンダーは長年、軍務に服してきたが、ボートに乗り、発射準備ができている銃を持った水兵数人にだれかが襲いかかるのを見たことは、一度もなかった。それも、ただ生き延びるだけではなく、相手を打ち負かした。彼らの計画がどう進められるのか、ファン・トンダーには見当がつかなかった。いま目にしたことのように無鉄砲で成功することを願った。疲れ、空腹で、具合が悪く凍えている部下がいるので、早急に救助されないと死ぬのではないかと、ファン・トンダーは恐れていた。

　暖をとるためにヘリコプターに戻り――太陽が高く登り、尾根を暖めていたので、パイロットのマブザもファン・トンダーも、すこしは楽になっていた――アメリカ人のつぎの動きまで数分待つことにした。

　マブザが目を醒ましていたので、ファン・トンダーは驚いた。

「夢を……見てる……んじゃなければ、われわれは……中国軍と戦っている」マブザがいった。

「事実だ」ファン・トンダーはきっぱりといって、笑みを浮かべた。「意識が戻ってよかった！」

「太陽……ああ……感じられる」マブザが動こうとした。

「落ち着け、大尉――」

「いや、動かないと……尻(しり)の感覚がないんです」

「元気になったじゃないか」ファン・トンダーは、にやりと笑った。

「どうなってます……シップ・ロックは？」

「まだあいたままで、有毒だ。封鎖する方法を見つけないといけない――中国の船が下にいて、手に入れようとしている」

「くそったれども」

「ああ、水を飲ませてやれなくてすまない――マスクも、つけたままにしないといけない」

　マブザがうなずき、目を閉じた。

「おい、助けが来る。アメリカ人が島にいて、暴れまくっている」

「中佐は……手伝ってるんですね？」

「これからやる」ファン・トンダーは、ミルコーＢＸＰサブマシンガンを持った。

「じっとしているんだ。近くに医官がいる。連れてくる」

マブザがまたうなずいた。安心させようとして、ファン・トンダーはマブザの肩を叩き、北の岩棚へ向かった。

気分が高揚し、足どりが軽かった——だが、岩棚に近づくと、予測していなかった、見たくなかったものが見えた。

コルヴェットが、シップ・ロックに近づいてくる。

35

ワシントンDC　ホワイトハウス
十一月十二日、午前二時二十四分

ドアを閉めてオフィスで座っていたマット・ベリーは、疲れていたが、カフェインのせいで神経がピリピリしていた。現地に派遣したチームは、国際紛争を引き起こすか、それとも阻止するか、どちらになるだろうと思った。

ミドキフ大統領は就寝し、ハワード国家安全保障問題担当大統領補佐官は帰宅した。ふたりともイースト・ロンドンの最新の〝殺戮(さつりく)地帯〟について、CIAから報告を受けていた。先ほど大統領はベリーに電話をかけてきて、わかっていることを教えてほしいといった。

「ウィリアムズとブリーンが、その渦中にいます」ベリーは事実を述べた。「最新情報が届くのを待っているところです」

それも現状では事実だった。ほんとうに待っているのは成果だった。どちらのチームも、いらいらするくらい沈黙している。

ロシアと中国が、戦術支援もしくは対決準備だとおぼしい軍事資産を、南アフリカのあちこちで集中的に投入しているという情報が、ヨーロッパとアメリカの情報機関から届いていた。南アフリカ政府(プレトリア)がロシアに依頼したという報告もあった。南アフリカ空軍のジェット機が、マリオン島上空に飛来し、中国のコルヴェットをかすめて飛ぶのが目撃されたという報告もあった。中国政府(ペキン)によれば、コルヴェットは〝合法的な付近水域の哨戒を行なっていて、南アフリカの旅客機の墜落を支援する態勢にある〟ということだった。

その渦中で、ブラック・ワスプがそれぞれの問題に取り組んでいる。ベリーにわかっているのは、イースト・ロンドンという小さな海岸沿いのリゾートでの警察の動きを教えてほしいという要求だけだった。だれもがほしがっているサンプルを、どちらかのチームが回収できることを、ベリーは願っていた。

国家偵察局(NRO)が、イースト・ロンドン警察の活動に関するウィリアムズの奇妙な問い合わせの答を出した。ベリーは、パトカーのナンバーがわかっている場合はそれも記入した地図という形で、その情報をウィリアムズにメールした。末尾にベリーはひとつの疑問を書き添えた。

　これでなにが得られるのか？

ウィリアムズは応答した。

　悪夢をこしらえているブツ

『テンペスト』とダシール・ハメットの小説『悪夢の街』のどちらのひねった引用なのか、ベリーにはわからなかった。とにかく、モスクワや中国よりもターゲットに近づいていることが期待できると、ベリーは解釈した。

それに、南にも競技場がある。海軍情報局(ONI)と国家偵察局(NRO)は、中国のコルヴェットとRHIBがそれぞれ、いまも沖と海岸近くにいると報告していた。問題の現場の近くに着陸したヘリコプターも、そのままそこにある。さらに、民間の救助隊の水上機が、マリオン島の南アフリカ海軍(SAN)前哨基地からの無線連絡を受けて、旅客機の墜落現場からプリンス・エドワード島に飛行していた。

〝中国か南アフリカの海軍のどちらが前哨基地を支配しているのか、定かではない。部隊展開の現況も不明〟というのが、報告の結論だった。

そのふたつの政府機関は、ブラック・ワスプのことをなにも知らない。それを知っているブリーンですら、グレース・リー中尉とジャズ・リヴェット兵長がなにをやろうとしているのか、推理することすらできなかった。

ベリーはそのせいで不安にかられていたが、それよりも心配なのは、ふたりの能力を買いかぶり過ぎていて、ふたりが死ぬか、捕らえられるか、悪戦苦闘しているかもしれないということだった。イエメンではブラック・ワスプは四人ともそろっていて、それぞれがあとの三人の強みと能力を利用していた。

今回はちがう。

大統領がまた眠ってくれればいいのだがと、ベリーは思った。これが終わるまで、ブラック・ワスプからの復命はないだろう。

ウィリアムズの表現は的をはずしていると思いながら、ベリーはコーヒーを飲み干し、デスクに三時間前から置いているサンドイッチのほうを向いた。南アフリカで起きているのは、たんなる悪夢ではない。あっというまに大きくなって燃えあがる引火点なのだ。それに火がついたら、世界中に対決が拡大しかねない。

36

南アフリカ　イースト・ロンドン
十一月十二日、午前九時三十分

クロード・フォスターの最大の強みは、ひとの話を聞くことだった。話題に興味があってもなくても、オフィスでも、バーでも、サウナでも、スポーツのイベントでも、つねに耳を傾ける。

カティンカを見出したのも、そのおかげだった。カティンカと仲間の卒業生が徹夜したあとでコーヒーを飲みにいった店で、フォスターは朝食を取っていた。これから仕事を探しにいくとカティンカがいうのを、フォスターは小耳にはさんだ。

「ぐずぐずしていられないのよ」カティンカはいった。「ダイヤモンド関係の会社が募集するのは、この時期だから」

仲間の言動を報告しろと配下の武器密売業者に命じるドゥミサとはちがい、フォスターは疑心暗鬼が生じるような環境を醸し出したくなかった。そういう環境では、人間は口をつぐむものだから。

フォスターは、カティンカがモーターボートを格納する倉庫を建てるために前借を頼んだことを聞いていた。カティンカの家にまず寄ったのは、そのためだった。バンを乗り捨てず、どこかに隠したかった。ドゥミサかミラ・マーチに連絡する必要がある。ドゥミサは、コアサンプルを売るのに手を貸してくれるはずだった――もちろんかなり手数料をとられるが、政府を強請(ゆす)るよりもずっと実入りがいいにちがいない。ミラには人身売買網があるので、外国に連れ出す方法を知っている。フォスターは態勢を立て直して、交渉を再開する必要があった。

バンが私設車道にはいったとき、カティンカはぐったりして、助手席であらぬかたを見つめていた。フォスターはマスクをはずしたが、カティンカにはずせとは命じなかった。カティンカは、岩石を掘削する力強い手で、呼吸装置をしっかり押さえていた。フォスターは、落ち着いておとなしくしているカティンカに手出ししたくなかった。

カティンカをどうすればいいのか、フォスターにはわからなかった。カティンカが裁判にかけられることがないように、連れていきたかった。だが、動かない荷物を抱え込むのも嫌だった——カティンカはそうなりかけていた。

フォスターは、倉庫の前にバンをとめて、ドアをあけた。カティンカのバイクが奥にとめてあったので、場所をあけるためにフォスターはそれを裏口から出した。それから、バンの向きを変えて、バックで倉庫に入れた——全速力で出なければならない場合に備えて。勢いをつけられるようなスペースはなかったが、倉庫は道路に近いので、必要とあればドアを突き破ればいい。なかは暗かったので、フォスターはドアを閉めなかった。

カティンカをそのままにして、フォスターは後部フロアパネルを持ちあげて、拳銃とサブマシンガンを出した。発見されたときには、コアサンプルは最後の手段に使うつもりだった。

薄暗がりでつかのまほっとしたフォスターは、バンの車体の縁に腰かけ、ときどき通る車や航空機の音に耳を澄ました——道路だけではなく、空の交通もかなり増えているのは、安全だと政府が発表したからにちがいない。

おれが予想していたよりも数多くのＨＡＺＭＡＴ装備があるのか、それともこれについておれが知らないなにかをつかんだのだろうと、フォスターは思った。

物事をあらたな方向に進める潮時だったので、フォスターはオフィスでかけられなかった電話を終えた。

「われわれが何者かと、きいたね」ウィリアムズは、ヘリコプターのパイロットにいった。「これから話す」

ヘリコプターの機外で待っているときに、ウィリアムズはベリーからのメールを受信した。警察の受令用スキャナーを除外した結果、三つの輝点（ブリップ）が残った。ひとつは《南アフリカ・ポスト＆テレグラム》新聞イースト・ロンドン支局の車で、もうひとつは高齢の市民の自宅の住所だった——おそらく引退した警察官だろう。三つ目は、ナフーン・ビーチからそう遠くない住宅地の通りだった。

「きみの名前は？」ウィリアムズはきいた。

「ヴィク・イリング」

「ヴィク、わたしはチェイスだ。この攻撃を阻止するために、政府と協力している」ウィリアムズはいった。

「だろうと思った」

「どうして？」

「将軍のオフィスに雇われた。それに……あんたたちはガチャガチャ音をたてる装備を持ってる」

ウィリアムズは、タブレットに表示された地図を、ヴィク・イリングに見せた。海岸近くの一カ所を指差した。「犯人はここにいると確信している」指でビーチのほうをなぞった。「ここへ行きたい」

「軍や警察の許可がおりればすぐに行ける」

「それなら、だいじょうぶだ——行ける。安全ではない場所に行けとは頼まない」

ブリーンが、小走りに戻ってきた。

「捜索範囲を狭められると思います」ブリーンはいった。「主な交差点には交通カメラがありますが、観光客やキャンパーの通り道にはありません」

「つまり、ビーチだな」ウィリアムズはいった。

「そうです。海岸に沿って進めば——」

「その必要はない」ウィリアムズは、タブレットを見せた。「いま受信した地図を確認した」タブレットをブリーンに渡してから、ヴィクのほうを向いた。「きみの意見は？　この毒物は上昇し、風で流される。寿命は約一時間だ。風上から行こう」ポケットから札束を出した。「やってくれれば、きみのものだ。ビーチにわたしたちを連れていって、安全になるまでそこにいてくれ」

ヴィクが、札束を見てから、ウィリアムズの顔を見た。「お金はいらない。このいかれた野郎を阻止してくれ——それでじゅうぶんだ」

「ありがとう」

三人が乗ったヘリは、高度一〇〇フィートに上昇し、わずか五分後にはビーチに着陸していた。

「あんたがいったとおり到着した」ほっとした顔で、ヴィクがエンジンを切った。

「がんばってくれ」

ウィリアムズとブリーンは、マスクと拳銃を装備から出した。おりるまえにヴィクがブリーンに名刺を渡し、ウィリアムズはベリーにメールを送った。


買い手のふりをして、プリマス・ロードの現場に向かう

「とにかく待ってるよ！」ビーチを駆け出したウィリアムズとブリーンに向かって、ヴィクがいった。「無事に戻ってこい！」

ウィリアムズは、感謝のしるしに片腕をあげたが、ふりかえらなかった。ふたりは

ビーチをゆっくり走ってから、海岸沿いのアスファルト道路にあがった。

ビーチ・ロードに歩行者はいなかった。ときどき救急車と、マスクをつけた救急医療士が通るだけだった。

「全員を避難させているみたいだ」ブリーンがいった。

「賢明だ——迅速に隔離できる」ウィリアムズはいった。

走っていると暑かった。遮るもののない広い海岸線を太陽が灼いていた。ブリーンのスマートフォンのGPSを頼りに、ふたりは住宅地を目指した。

「どうやって接近するんですか?」ブリーンがきいた。

「両手を挙げ、マスクと拳銃が見えるようにする。取引したいという」

「やつが信じると思いますか?」

「信じないわけがないだろう」ウィリアムズはいった。「われわれの言葉を聞いたら、南アフリカ人ではないとわかる」

ブリーンはうなずいた。それに、フォスターが先に撃つだろうとは思っていなかった。フォスターは残酷なようだが、冷静なやり手だから、そんなことはやらない。フォスターの共犯も脅威ではないだろうと思っていた。走りながら、ブリーンはウィリアムズに説明した。ここまでの短い移動のあいだに調べて、その家がカティンカ・ケトルという二十五歳の宝石学者のものだとわかっていた。彼女はＭＥＡＳＥで働き、犯罪歴はない。

目的の家に近づくと、ふたりは歩度をゆるめた。家の正面に小径と私設車道があった。

ウィリアムズは、ブリーンほど息を切らしていなかったが、旧オプ・センターを指揮しているあいだに、思ったよりも軟弱になっていたようだ。それに、両手で持っていた拳銃が重く感じられた。

そうともいい切れないと、ウィリアムズは思った。イエメンではテロリストの額にためらうことなく一発撃ち込んだ。おおぜいの命を救うために、今回もおなじことをやるだろうかと思った……あるいは交渉をつづけるか。法の定めのためだけではなく、道徳的な方針が危険にさらされたとき、人間は一線を越えてしまうものだ。

「話をするのは任せる、弁護人」ウィリアムズはそっといった。「道端からはじめようか？　きみがやつに目を配っているあいだ、わたしは周囲を監視する」

ブリーンがうなずいた。カティンカ・ケトルの家に着くと、ふたりは小径に面した道端で、両腕を挙げ、じっと立っていた。

「フォスターさん！」ブリーンがいった。「あなたが売りたいもののことで、わたしたちはここに来ている」

沈黙ははらはらするくらい長く、ビーチからの風だけが聞こえていた。その場にまったくそぐわない、潮と薔薇園の香りを風が運んできた。

「アメリカ人か？」力強い男の声が、ようやく帰ってきた。

「そのとおり」

またためらったあと、ようやく返事があった。

「両手を挙げ、一列で小径をゆっくり進め」

「わかった」ブリーンはいった。

ブリーンがウィリアムズの前に割り込み、舗道を横断して、花壇に囲まれたスレート敷の小径へ行った。家よりすこし奥まった右側に倉庫が見えた。生垣で近所の家からは見えないようになっている。私設車道はそこへ通じていた。倉庫のドアはあいていたが、なかは闇に包まれていた。

「そこでとまれ」小径が家の前から倉庫のほうに折れているところまでふたりが行くと、男が命じた。「準備万端だな」

ブリーンは、男からマスクに視線を移し、また見返した。「そのとおり」

「そうか」フォスターがいった。「いいだろう。ふたりとも銃とマスクを捨てて、おまえだけこっちに来い――もうひとりはそこにいろ。銃撃戦になったら、おまえがターゲットになる」

「わたしたちがここに来たのは、だれも知らない」

「どうしてなのか、教えてもらえるか」フォスターがいった。

「われわれの部下が、警察の受令用スキャナーを追跡して選り分けた」拳銃とマスクを生垣のほうへ投げながら、ブリーンが答えた。ウィリアムズは、自分の拳銃とマスクを、正面の芝生にほうり投げた。

「くそ。頭がいいな」フォスターはいった。半分横を向いた。「カティンカ、スキャナーを切れ。どれだかわかるな?」

「ええ」かすかな声で返事があった。打ちのめされているようだった。

フォスターは、男ふたりのほうを向いた。「近づいてもいい……ゆっくり」

ブリーンがいった。「話をつづける前に、われわれがほしいものをあんたが持っていることを確認したい」

フォスターが、ためらってからいった。「来い」

「ありがとう」ブリーンはいった。

フォスターが愛想よくうなずき、ブリーンはバンを見ながら前進した。フォスターは微生物の容器らしいものを持っていないが、近くにあるにちがいない。近づくにつれて、バンの後部に武器とバックパックがあるのを、ブリーンは目に留めた。筒状のものが二本はいっているのが、輪郭からわかった。閉鎖される前のエル・トロ空軍基地で戦術核兵器をはじめて見たときとおなじように感じた。こんな小さな容器なのに、住民をすべて殺す威力がある。

不思議なことに、それに恥辱は感じなかった。兵士とはそういうものだ。祖国を護るのが仕事だから、つまるところ――アフマド・サーレヒーの脳に一発撃ち込むのとおなじように――そういうことを実行する覚悟がある。

フォスターが、バンの後部に戻った。「教えてくれてありがとう、諸君」

「取引を維持するためなら、なんでもやる」ブリーンはいった。

それは事実で、自分は本気でそう思っているのだろうかと、ブリーンは思った。テロリストを買収するのはブリーンにとって忌まわしいことだし、アメリカの政策にも反する。そういうテロリストひとりを追うのに、自分たちは命を懸けたばかりなのだ。われわれが買わなかったら、どこかの無謀な国が買う。ブリーンは自分にいい聞かせた。

フォスターが進むよう手招きし、ブリーンが倉庫にはいろうとしたとき、ウィリアムズが叫んだ。

「あばよ（ハット・アップ）！」ウィリアムズが甲高い声でいった。

フォスターは警戒し、まごついたが、ブリーンは逃げろという意味だと悟った。さっとふりむき、道路を見た。ウィリアムズが命じた理由がわかった。ブリーンの薄いブルーの目から、すこし生気が失（う）せた。

不運なことに、南アフリカはようやく問題を自分たちの手で解決しようとしていた。

37

南アフリカ　プリンス・エドワード島
十一月十二日、午前九時五十七分

それはグレース・リー中尉が見てきたなかで、もっとも美しく、危険なものだった。ゴムボートが島をまわってシップ・ロックに近づくと、ぱっくりとひらいた口が、熔けた部分とギザギザの部分がある明るい灰色の岩と暗い影のなかで見え隠れした。そして、その全体を、ほとんど見えない蜘蛛の巣のようなものが覆っていた――レモン色の薄絹が立ち昇っていた。グレースが北京の京劇で見たアクロバットのように、高々とそれが舞っていた。

高さ一五〇センチの開口部を、リヴェットも魅入られたように見ていた。

「病原菌が育ちそうな場所だ」リヴェットがいった。

「そして、死も」グレースはつけくわえた。

「破片手榴弾（しゅりゅうだん）じゃなくて、高性能爆薬のやつがあれば」

島の角をまわったときに、動けなくなったＲＨＩＢが見えたので、ふたりはそちらに注意を向けた。艇首の船縁（ふなべり）に武装した男ふたりが立っていた。それはグレースが想定していたことだった。あいにく、コルヴェットの接近は予想外だった。

「くそ」コルヴェットが沖から近づいてくるのを見て、リヴェットがつぶやいた。

「ＲＨＩＢまで行って、医官を取り戻し、穴をふさぐくらいの時間はある」グレースはいった。

「それにはＲＨＩＢを乗っ取らないと」リヴェットがいった。「三〇ミリ機関砲や対艦ミサイルで攻撃されたら、一分ももたない」

「自分たちの水兵を殺すのを、一分くらいためらうかもしれない」グレースが指摘した。

「無線で呼んでも応答がなかったら、待つ必要なんかないと思うだろう」

戦闘では一分のちがいが生死の分かれ目になる。

ＲＨＩＢに近づくと、無線から呼び出しが聞こえた。

「コールサインを要求してる」グレースがリヴェットにいった。

リヴェットが、携帯無線機を口に近づけた。「信天翁（シン・ティエン・ウオン）！」

ＲＨＩＢの男たちは、すこし緊張を解いたように見えたが、ライフルを下に向けなかった。ひとりがなにかどなり返した。

「亡命者の中国語が上手だっていってる」グレースが通訳した。

リヴェットがマスクの下でせせら笑い、わかったという印に95式手槍をふってみせた。「あいつに中華料理を食らわしてやる」

「落ち着いて、ジャズ」

「ああ、でもいつまでこんな綱渡りをつづけるんだ？」リヴェットはきいた。「だれかが先に血を流すことになるぜ」

グレースは、ＲＨＩＢの艇尾の海中のなにかに気をとられていた。「ＲＨＩＢの艇尾に動きがある」耳を澄ました。金属を叩く音だった。「くそ、修理班よ――コルヴェットがよこしたにちがいない」

「派手な撃ち合いになりそうだ」リヴェットが注意した。

ＲＨＩＢの艇首に近づいたときもなお、グレースはひきかえそうかと思った。イエメンでの任務のあと、チームの四人が選ばれた理由を、グレースはずっと考えていた。自分とリヴェットは技倆だけを買われたのか、それとも集団に順応しづらい気質も考慮されたのか？　ブリーン少佐はそれと釣り合いを保つ役割で、ウィリアムズは両方の世界にまたがる巨人なのか？

それらの質問の答はイエスだろう——それが恐ろしかった。それに抵抗しなければならない。ブラック・ワスプは、人殺しや大量殺人を生業にしている香港のギャング三合会の殺人部隊ではない。だが、いま見えている壁の一部、毒物が放出された壁は、人力で壊されていた。ここにいる連中は、殺傷力のある病原体を採取し、研究して、大量破壊兵器に変えようとしている。軍事目標だけではなく、民間人も犠牲になるおそれがある。中国は人口が多すぎるために、女性を抑圧して産児制限を強制しているような国なのだ。

この任務の倫理的な建前はなんだろうと、グレースは自問した。その答は、いっそう困難な道筋を示した。敵のようになってはいけない。

「ブリーン少佐の影響かもしれないけど、おれは相手が撃ったときだけ撃とうかと思ってる」リヴェットがいった。「正当な理由がほしい」

「あなたは善良なひとね」グレースはいった。

「ちがうよ。それでもおれのほうが早撃ちできる」

「あなたが先にいって。わたしが女だとわかったら——」

「先に血を流すのはやつらだ」リヴェットが、自分の疑問に自分で答えた。

「不意打ちで操舵室を乗っ取るのね――」

「そうさ」

ゴムボートがＲＨＩＢのすぐそばに近づいた。リヴェットはＲＨＩＢの手摺をつかんだ。水兵はリヴェットに銃の狙いをつけたままだった。その水兵の左で、もうひとりの水兵がグレースに銃を向けていた。グレースは、不意打ち戦術をやるのをためらっていた。水兵ふたりはふるえていた。寒さか疲れのせいか、あるいは、マスクのおかげで死なずにすんでいるという恐怖を味わっているせいかもしれない。とにかく、最初に発砲しようという態度を、ありありと示していた。

ゴムボートから跳んで逃げられる場所は、海しかなかった。それでは任務を進められないし、低体温症を起こし、溺れ、撃たれるにちがいない。

この水兵ふたりを斃して、乗り込めばいいだけかもしれないと、グレースは思った。それには根拠があった。『兵法』と道教は、まったく思想が異なっている。

リヴェットは、中国製のアサルトライフルを背中からゆるく吊って、手摺をつかみ、舷側を乗り越えようとしていた。背中に吊っていたら、すぐに手が届かないので、奇妙に思えた。それに、波飛沫で滑るとでもいうように、動きがのろかった。片手でしっかり手摺をつかんでから、反対の手をのばしていた。左手の動きのほうが、右手よりも速かった。

　グレースは顔を伏せて、舫い綱を見つけ、ＲＨＩＢの船体の穴に通して、ゴムボートをつないだ。耳を澄まし、考えた。若いころから闇で戦う訓練を受けている。それには、余分な音を打ち消し、ただ聞き入るだけではなく、音から場面を思い描かなければならない。いまは舷側にブーツが当たる音、船体の動き、人間の体の数と位置、呼吸だけを聞いていた。

　それに、銃声にも耳をそばだてていた。

　波でゴムボートが大きく揺れ、パーカーのフードがめくれて、グレースの髪が見えた――ショートだが、短く刈ってはいない。それを見た水兵がわめいた。

「女だ！」

　グレースが顔をあげたとき、水兵が発砲した。弾丸はほんの数センチの差でそれた。水兵が叫んだとき、リヴェットが空いていた右手をパーカーの深いポケットにつっこんだ。手が出てきたときには、四五口径のセミオートマティック・ピストルを握っていて、腰の横から撃ち、水兵の顎の下に一発撃ち込んだ。水兵がうしろによろめくと同時に、リヴェットはさっと左を向いた。そちらの水兵が発砲したが、はずれた。リヴェットは的をはずさなかった。水兵が狙いをつけようとしたときには、リヴェットのコルトから二発目が発射されていた。若い水兵は仰向けに吹っ飛ばされて、甲板に倒れた。

だが、グレースはまだ安全ではなかった。水兵が放った最初の二発がゴムボートに穴をあけた。たちまち空気が抜けはじめたので、グレースは急いでＲＨＩＢのほうへ走っていった。リヴェットがパーカーをいじくってた理由がわかったと思った。のろい動きも、そのためだったのだ。手が空くように、時間をかけたのだ。

アドレナリンが、グレースの後悔の念をすべて押し流した。

上のほうでは、リヴェットが時間を無駄にせず、迅速に動いていた。ＲＨＩＢの甲板にあがり、左肩を揺すって中国製のアサルトライフルを落とした。

グレースはリヴェットのうしろに行き、海水と血で滑りやすくなっている甲板で足がかりを探した。移動手段を失ったことは説明するまでもなかった。

「乗組員はわたしが制圧する。あなたは修理班が海からあがれないようにして」

グレースはナイフを抜き、操舵室に沿い、左舷を艇尾のほうへ突進した。リヴェットは、グレースが射線にはいらないようにしながら、彼女が急に立ちどまったときにぶつからないように、右斜めうしろを進んだ。

操舵室の水密戸はあいていた。銃声を聞いたにちがいない。乗組員三人のうちふたりが、銃を前方に向け、艇尾の手摺のところに並んで立っていた。長身で色白の南アフリカ人が、操舵室から半分身を乗り出していた。グレースとリヴェットは、そこへ突進した。乗組員ふたりは、修理を監督していたにちがいない。

乗組員ふたりが、銃の反動にそなえようとして、すこし姿勢を変えた。射撃の訓練を受けてはいたが、いかにも見え透いた動きだった。リヴェットが拳銃から二発放った——それと同時に、南アフリカ人が乗組員ひとりを勢いよく横に押した。弾丸があいた水密戸に当たって跳ね、南アフリカ人の左脚に当たった。南アフリカ人が倒れて、身をよじった。

リヴェットが乗組員ふたりに向けて突進するあいだに、グレースは倒れた水兵の銃を拾って、海に投げ捨ててから、操舵室に跳び込んだ。操舵員が早口の低い声で無線に向かってしゃべっていた。グレースは走っていって、右脚を操舵員の脛(すね)にひっかけてねじり、甲板に倒した——黙らせるとともに、動けなくした。ワイヤレス・ヘッドセットをひったくり、平らな計器盤の上にほうり投げた。無線機のグリーンの電源ボタンを見つけて押した。

「そこから動くな！」グレースは中国語で叫び、南アフリカ人のようすを見にいった。

南アフリカ人は、横向きに倒れて、顔をしかめ、傷口を見ようとしていた。グレースは救急キットを探した。操舵室の外は静かだった——いい兆候だ。リヴェットは生き残った乗組員を撃たず、乗組員は降伏したのだろう。まもなく乗組員ふたりが両手を挙げて、狭い操舵室にはいってきた。水兵ふたりがつづいていた。

グレースは、包帯と抗生剤がはいっている小さいケースを見つけた。怪我をした南アフリカ人のそばにしゃがんで、傷口を見た。

「英語はわかるか？」男がいった。

グレースはうなずいた。

「自分でやる」男が、救急キットを受け取った。「わたしはグレイ・レイバーン、南アフリカ海軍医官だ」

グレースは名乗らなかった。立ちあがり、操舵員のほうへ行った。

「やつらを殴り倒そうとしていたところだった」レイバーンが、鋏を出しながらいった。痛そうに顔をしかめて首をまわしながら、傷口のまわりの生地を切り取った。

「あんたたちが何者にせよ、感染した死体を積んでいる。コルヴェットに病気を持ち込まないよう、説得しようとしたんだ。だれにも渡してはいけないと思う」

「そうね」グレースは同意した。「岩の穴をふさぐ爆発物はある？」

「わからない。あると思う」

そのとき、無線機から聞こえた。

「湯(タン)、状況は？　どうぞ」

グレースは、湯(タン)と呼ばれた操舵員の背中を膝で押しつけ、ナイフの切っ先をうなじに突きつけた。「応答しなかったらどうなる？」

「乗りこまれるか、撃沈される」湯が答えた。「たぶん撃沈されるだろう」

「接近するにはマスクの数が足りないのね？」

湯が不安気にうなずいた。「問題はないといわせてくれ。頼む！　おれたちが死んだと思われたら、このＲＨＩＢはなんの価値もなくなる」

グレースは立ちあがった。「応答して。それ以外のことをいったら、死んだ水兵の仲間入りよ」

「そんなことはいうな！」機関員のひとりが、中国語で叫んだ。

リヴェットは、その男のほうを向いた。「おまえがなにをいっても、それが最後の台詞(せりふ)になるぞ」

湯が計器盤のほうへ行き、グレースはその背中にナイフを突きつけた。湯がヘッドセットを取って頭にかけた。

「〈上饒(シャンラオ)〉、こちら湯」湯はいった。「われわれは敵にやられた」

38

南アフリカ　イースト・ロンドン
十一月十二日、午前九時五十九分

　ウィリアムズとブリーンが動く前に、フォスターがあからさまに軽蔑（けいべつ）する鋭い視線を据えた。大量殺人犯のフォスターは、その目つきでブリーンを侮辱し、男同士の信頼を裏切ったことを責めていた。ブリーンはそれを悟り――思いのほか傷ついていた。

　ふたりが動いた。

　ブリーンは、時間を無駄にしたくなかったので、叫ばなかった。チェイス・ウィリアムズのほうを向き、マスクを投げ捨てた場所を指差した。その合図すら不要だった。ウィリアムズはすばやくマスクを拾いあげた。

　ブリーンもマスクを拾い、生垣のほうへ文字どおり幅跳びをした。膝から着地し、胸をぶつけたが、マスクをつかんで顔につけた。ウィリアムズがおなじようにするのを見届けただけで、身動きしなかった。マスクをした特殊任務部隊（STF）の八人がＲ５カービンを構えて庭で位置につく邪魔にならないように、ふたりとも身を縮めた。フォスターがいるとわかっている倉庫に、全員が狙いをつけていた。

八挺の銃口に狙い澄まされる前の数秒のあいだに、フォスターはバンの後部のほうを向いた。遮掩（カヴァー）に使うためと、武器をとるためだった。フォスターはドアを閉め、サブマシンガンの床尾でサイドウィンドウのガラスを割った。

フォスターは暗がりにいたが、カービン八挺の銃身がその狭い範囲に向けられ、しかもそれぞれの射界が重なっていた。

「ここに容器がある。あける――」フォスターは叫んだが、マスクをかけている相手がその脅しではひきさがらず、脅しを実行すれば自分が死ぬという悲惨な事実に気づいた。それに、ＳＴＦは、ある程度の副次的被害はやむをえないと思っているにちがいない。

フォスターは撃ちはじめた。

赤い銃口炎がパッパッと光り、つづいてフォスターの体が銃撃でずたずたに引き裂かれて朱に染まるのを、ウィリアムズはマスクの色付きレンズを通してみた。フォスターが倒れたあとも、指が引き金にひっかかっていたので、サブマシンガンはバンのルーフに向けて弾丸を発射していた。鈍い銃声が反抗的なうなり声のように響き、弾丸が尽きると、ようやくその音がとぎれた。

撃ち合いが終わると、ＳＴＦ隊員たちが、グリーンの迷彩服の波となって前進した。ブリーンは起きあがって、マスクをはずした。倉庫にもっとも近かったので、なかをのぞいた。それから、ＳＴＦチームに近づかないようにしながら、ウィリアムズのところへ行った。

ウィリアムズはまだ膝をつき、敗北感に襲われて肩を落とし、無表情だった。ブリーンはウィリアムズが立つのに手を貸した。ウィリアムズがその手を握った。

ウィリアムズは視線を伏せた。自己嫌悪は嫌いだったが、敗北に慣れていなかった。たった三カ月のあいだに、オプ・センターの未来を台無しにし、〈イントレピッド〉を火炎爆弾で破壊され、そして今回もこうなった。おおぜいのひとびとが死ぬのを防ぐことができず、微生物は南アフリカの手に渡った。彼らがそれをどうするのか、予想もつかない。

「スキャナーのことに気づいたんだろう」特殊任務部隊チームを見て、ウィリアムズはいった。

「そうかもしれません。しかし、どうしてわたしたちの身柄を拘束しないんでしょうか?」

「わからない。正直そうに見えるのかもしれない」ウィリアムズは溜息をついた。

「気がついたか、少佐。わたしたちはここで、ほとんどなにも達成できなかった」

「それは事実ではありません」ブリーンはいった。「それに、わたしたちはそんなに正直ではないですよ」

ウィリアムズがさっと視線をあげた。「どういう意味だ?」

「倉庫を覗きました。カティンカ・ケトルがいない。STFは、彼女が倉庫にいたことすら知らなかったかもしれない」

「わかった。重罪犯が逃走中だ――わたしたちには無関係だ」

「ヨットからの最初の救助を求める無線を思い出してください」ブリーンはいった。「フォスターが交信していた――三カ所掘削し、コアサンプルを三本ずつこしらえたといっていました。その九本のうち六本開封し、残りは三本だったと。フォスターがわれわれに見せたのは、二本だけでした」

ウィリアムズは、背すじをのばしたときに、それまで自分が肩を丸めていたことに気づいた。「ありがとう、少佐。考えるべきだった。倉庫には裏口がある。ケトルは銃撃戦のあいだに逃げることができた」

「それに、なにも持たないで逃げたわけではない。ＳＴＦがわれわれに目をつけていないようなら――」

ブリーンが最後までいう必要はなかった。ふたりはマスクと銃を持ち、隣家の敷地の生垣に沿って通りに出て、カティンカ・ケトルが逃げた形跡を探した。裏庭で踏みつぶされた薔薇を見つけた。

バイクかスクーターを押して通ったときに、タイヤで潰されたようだった。生垣の先に裏庭と、べつの通りがあった。

ウィリアムズは、その通り――ヘアウッド・ドライヴ――に向けて駆け出したが、ブリーンがとめた。

「もっといい考えがあります」といって、ブリーンはジャケットの内ポケットに手を入れた。

「彼は死んだ」

何度そういっても、現実ではないように思えた。カティンカ・ケトルはいまも、フォスターに電話をかけるかメールを送り、情報を共有し、答を知り、オフィスへ行くべきだと思っていた。

「でも、彼が死ぬのを見たのよ」

わたしを救うために。その心象がずっと残るはずだ。フロントシートで、カティンカは無力だった。ヘッドレストの下から、フォスターの英雄的な防戦が見えた。シートの詰め物が宙に飛び散り、薄い土埃が舞い、ガラスが砕けて、伏せていたカティンカの体の上やまわりに落ちるあいだずっと、フォスターはすぐそばで、最後まで抵抗していた。

「あなたが死んでも、彼らは恐れていた」カティンカはいった。「のろのろと近づいた」

ＳＴＦチームがのろのろと近づくあいだに、カティンカは逃げた。まだ銃撃がつづいていたあいだに、ドアをあけて、こっそりおりると、倉庫のコンクリートの床を這い進んだ。フォスターの自動車ディーラーの社員が、ただで流し込んでくれたコンクリートだった。弾丸でめちゃめちゃになったバンで身を隠して、カティンカは腐葉土の袋まで這っていき、容器を出した。

「あなたを騙すために、ここに隠したのよ」カティンカはすまなそうにつぶやいた。

裏口を細目にあけて出るのは、簡単だった。それに、フォスターがバイクを外に出していたので、逃げられた。もしかすると、彼は最初からそのつもりで——。

「念のために」

フォスターはきょう極悪非道なことをやったが、それでもわたしの面倒を見てくれた。

「彼はこういう死にかたを選んだのよ……でも、彼にはふさわしくない死にかただった」カティンカはつぶやいた。「訊問を受けさせるべきだった。すべての貧乏なひとたちのために代弁する機会をあたえるべきだった」

ビーチ・ロードをバイクで突っ走るあいだ、風がカティンカの涙を耳鳴りがしている耳のほうへ押し流した。銃撃の音は永久に耳を離れないだろうとわかっていた。強襲の銃声につづき、クロード・フォスターが死んでもバンに銃弾を撃ち込んでいた音が。

「いったいなんの役に立ったの?」カティンカは自問した。「なにをやったっていうの?　死！　死！　どうしてこんなことになったの?」

カティンカは、どこへ行くあてもなくバイクを走らせていた。前方の通りを見ると、家や、車が目にはいった。みんななかにはいって隠れている——。

「あなたのせいよ」カティンカはいった。「あなたがばら撒いたもののために、おおぜいが亡くなったひとたちのことを嘆き悲しんでるのよ」

そう。フォスターは大量殺人を犯した。行き当たりばったりで無情に。どんな古くからの憎悪が彼を駆り立てたのか、見当もつかない。

「もっと知恵を働かせて、よく考えるべきだった」カティンカはひとりごとをいった。

「コアサンプルを彼に渡す前に」

だが、そういう手順にはならなかった。カティンカはいつも自分が発見したものに興奮する。あの微生物を発見したことをフォスターに早く知らせたかった。クロード・フォスターのよろこんだ顔、ウィンク、誉め言葉が、カティンカにとってはとても大切だった。

「だからわたしは、先生に惚れた馬鹿な女生徒みたいに、これに跳び込んでしまった」何度もそういうことを経験したのを思い出しながら、カティンカはいった。そのたびに心が乱れた。教授、副学部長、そして当然ながらフォスターに惚れて。

「どうしてそんなに無鉄砲なの？」

それは自問ではなく、嘆きだった。一日のあいだにカティンカの人生は大竜巻に巻き込まれ、まったくちがうところに着地していた。

「でも、一日じゃなかったのよね」カティンカは自問した。

これに向けて、徐々に拡大したのだ。あと知恵だが、その一歩一歩を思い出すことができる。これはただの片思いではなく、パートナーシップなのだ。それに、もうひとつある。もっと重要な変化が訪れる。

「まだ着地していないのよ」カティンカはいった。

バイクの後部に、容器を積んである。そして、ひとつの目的地が頭に浮かんだ。涙が乾き、カティンカは考えた。いい兆候だった。その重要な事柄のおかげで動揺が収まった。試してみる価値のあることだった。

「そこへ行ける」カティンカは、自分にいい聞かせた。

カティンカは、R72高速道路を目指した。小型バイクは通行禁止だが、目的地へ行くには、それを使うしかない。高速道路の入口があるチャーチ・ストリートまで約六キロメートル……二十分もかからない。

自分を衝き動かしているのが復讐心なのか、それともフォスターといっしょになりたいからなのか、カティンカには判断できなかった。自分が力を握ったいま、なにがフォスターをそそのかしたのか、わかりはじめた。声明を発表する土台を築く機会なのだ。

「よし」カティンカはつぶやいた。「それをわたしが築く」

陽光を背中に浴び、前方には目的がある。カティンカは、ＳＹＭブレイズ２００バイクを最高速度まで加速した。

39

南アフリカ　プリンス・エドワード島
十一月十二日、午後零時一分

グレースは、湯の背中をナイフで刺さなかった。湯の勇気と自主性は、命を助けるに値する。それに、復讐で殺したことを、事後聴取に記されたくなかった。

ブラック・ワスプに選ばれた理由について、またくよくよ考えるのも嫌だった。

グレースは湯を押しのけて、制御盤に近づいた。ナイフの柄で制御盤を打ち砕いてからふりかえった――だれかが邪魔したり、どうして刺さなかったのかを忖度したりする前に。

グレースが救命筏を探そうとしたとき。右舷側のほうから砲声が鳴り響いた。

「撃沈される！」機関士のひとりが叫び、操舵室を出ようとした。リヴェットが前を塞いだ。

「戻れ！」パニックを起こした機関員に、リヴェットが命じた。

計器盤から離れた湯が、機関士に向かっていった。「撃沈されない。必要なものがわれわれのところにある」

死体のことだと、グレースは気づいた。まずい。時間がない。砲撃は乗組員ではなく、乗り込んだ自分たちを脅すためだ。グレースは、落ち着いていたもうひとりの機関士にきいた。「救命筏はある？」

「あるが、逃げられないぞ。あんたらは水兵をふたり殺した。追撃されるだろうな」

そのとおりだった。だが、後頭部に銃弾を撃ち込まれるのは、裁判で面子がつぶれることほど怖くはなかった。

「全員を操舵室の外に出して」グレースはリヴェットに指示した。「浮かべられる救命筏があるかもしれない」

グレースは、リヴェットの横をすり抜けて、艇首に向けて走った。接近するコルヴェットが波を蹴立てる音が大きくなった。船縁から下を見ると、ゴムボートが完全に水没し、舫い綱からぶらさがっているのが見えた。

海か、南にある岩と氷の狭い岩礁のほかに、ＲＨＩＢからおりられる場所はなかった——岩礁の向こうは三〇メートルの高さの岩壁がある。かなりの人数の上陸班を岩壁の下まで運べる膨張式ボートが、コルヴェットにはあるにちがいない。

どうでもいいと思った。逃げ道がひとつしかないときには、一か八かに賭けて成り行きに任せるしかない。中国人は医官を連れていこうとするだろう。それも目的のようだ。結局、白兵戦になる可能性がある。

逃げ道にはならないが、悪くない死にかただ。任務に失敗するのは屈辱的だが、死に損なうのはもっと悪い。

グレースは舷側に寄って、リヴェットを手招きし、細い岩礁を指差した。

リヴェットがうなずき、レイバーンの片腕を肩に載せ、船縁に向けてあとずさりした。四五口径はポケットに戻していたが、95式歩槍は中国人に向けていた。その必要はなかった。乗組員たちは艇尾に群がって、コルヴェットに合図しようとした。グレースが前進して、船縁を跳び越え、一五〇センチ下の滑りやすい岩礁で着地した。左手でカービンを構えていたリヴェットが、右手でレイバーンを支えて下におろした。

グレースはレイバーンの両脚をつかんだ。だが、レイバーンが悲鳴をあげて着地したとき、包帯を巻いてあるほうの脚の力が抜け、尻餅をついた。リヴェットは中国人が近づいてこないように、一連射で威嚇してから、カービンを肩に吊り、船縁をまたいで岩礁におりた。

三人は、氷と海水で滑りやすい岩礁をのろのろ進んだ。コルヴェットはなおも前進していた。リヴェットは、片方の目で岩礁を、もう片方の目でコルヴェットを見ていた。

「砲塔をまわしてこっちを撃つんじゃないか」リヴェットがいった。

「やつらはわたしを撃たない」顔をしかめながら、レイバーンがいった。

「どうして？　あんたはどういうふうに特別なんだ？」

「わたしがあの微生物をこしらえた」レイバーンが答えた。

リヴェットが、レイバーンのこめかみを殴りたそうな顔をした。あとにしろ、と自分をいましめた。思い切り殴ったら、マスクが吹っ飛ぶおそれがある。

突然、切り立った岩壁まで半分進んだところで、グレースは予想もしていなかったものを見た。

救いの手を。

ファン・トンダーは、期待と誇りを感じながら襲撃を見ていたが、それが重大な懸念に変わった。コルヴェットの七六ミリ主砲が、ＲＨＩＢの北側、右舷に向けて発砲を開始したからだった。

ＲＨＩＢの細長い操舵室の外に、何人か立っていた。操舵室とその上の衛星通信用ディッシュアンテナ二台とレーダーマストが甲板に黒い影を落としていたので、何者なのか、何人いるのか、見届けられなかった。数人が操舵室にはいっていくのが見えたが、なにが起きているのかわからなかった——やがて、コルヴェットが発砲し、人影が動きはじめた。

ひとりが艇首に向けて走り、水に沈んで揺れているゴムボートをちらりと見た。そして、一分とたたないうちに、甲板に出た三人が、船縁を越えはじめた。

手を貸すことができると、ファン・トンダーは気づいた。

ファン・トンダーは、機関銃をそのままにして、ヘリコプターに駆け戻り、救難用ネットを後部から引き出した。

「なにが……起きてるんですか?」マブザがきいた。

「中国艦が接近している。動きがとれなくなっている味方がいる。じっとしているんだ。彼らを迎えにいく。病原体の穴をふさいで、みんなが帰る方法は、あとで考えよう」

ファン・トンダーは、黄色いビニールのパッケージを片手で抱え、いそいでひきかえした。ロープの長さが足りないのはわかっていた——長さは三〇メートルで、岩棚に固定するのに一二〇センチないし一五〇センチ使う。だが、体を下から押しあげれば、ふたりが登れる。岩場から跳びあがって、三人目も登れるかもしれない。

ロープの端には、座席の役目を果たすメッシュの籠(かご)がある。ヘリコプターの機体横のフックからぶらさげる仕組みで、マブザとファン・トンダーは、潮流で南に流された手漕(てこ)ぎのボートから科学者ひとりを救出するのに使ったことがあった。尾根には鋭くとがっている平らな岩がいくつかある。それで登る人間の体重を支えられるはずだった。

足を滑らせながら停止したファン・トンダーは、端にひびがはいっている岩を選んだ。ロープのフックにかける部分をそこに通して、ひと巻きした。それから、籠付きのロープを崖っぷちから投げおろした。

三人は、一五メートルほどのところにいた。上を見なかったら、籠に気づかないだろう。ファン・トンダーは、サブマシンガンを取って、注意を惹くために一連射した。

三人が立ちどまって、上を見た。ファン・トンダーとロープに気づいた。南アフリカ海軍(SAN)の野球帽をかぶった男が片手をふり、三人が前進した。あとのふたりは足場に気をつけていて、そういう余裕がなかった。一度でも足を滑らしたら、岩壁に激突しては引いていた渦巻く冷たい砕け波に呑み込まれてしまう。

籠はグレースの頭の九〇センチ上で、風のために振り子のように揺れていた。手をのばしてつかもうとしたら、籠がさかさまになるのではないかと、グレースは心配した。ふたりが来る前に、平らな場所はないかと捜した。しっかりと立てるようなところはなかった。

「あなたが先よ」グレースは、リヴェットに命じた。

「だめだ。医官が――」

「彼は登れない。あなたは登れる。あとで彼を籠に入れたら、ひっぱりあげて。掩護もやって」

「ああ、ちくしょう」リヴェットがいった。グレースのいうとおりだとわかっていたので、岩壁に近づいた。たちまち、自分がやってきたようなロッククライミングではだめだとわかった。そういうときには、岩の表面をしっかり握れる手袋があり、風はなく、中国人に追われてもいなかった。それでも、なじみのある感覚がよみがえり、リヴェットは岩壁のでっぱりをしっかりつかんだ。

ロープに体を預けると楽になった。リヴェットはまっすぐに立って、ロープをつかんだ。細いナイロンロープだったので、両腕に巻きつけなければならなかった。訓練でやってきたように、足にロープをひっかけて、登りはじめた。

グレースは、中国艦から目を離さなかった。RHIBの乗組員たちは、武器を探さなかった。ふたりが艇内にはいったのは、死体を運び出すためにちがいない……微生物のサンプルはそれから採取できる。死体を始末すればよかったと、グレースは悔やんだ。この任務全体が、とんでもない失敗だと思った。グレースは失敗が嫌いだった。国防総省よりもさらに嫌いだった。

リヴェットがてっぺんに登りついたとき、医官を籠に入れる方法をグレースは考えていた。レイバーンはグレースの横で岩壁にもたれ、体を支えていた。

「怪我をしていないほうの脚の踵を押しあげたら、籠に届くでしょう?」グレースはきいた。

「それしか方法はないと思う」レイバーンはいった。「籠をつかめば、乗り込めるはずだ。でも、そうしたら――コルヴェットがきみを撃たない理由がなくなる」

「やっと正しい推理ができたのね、ドクター」グレースはいった。リヴェットのほうを見ながら、身をかがめて、両手で鐙(あぶみ)をこしらえた。リヴェットがファン・トンダーの手を借りて岩棚の上に見えなくなると、グレースはレイバーンのそばでかがんだ。

「行って！」

レイバーンが壁から離れて、怪我をしていないほうの脚を押しあげやすい姿勢になった。反対の脚の力が抜けたが、立っているあいだに籠をつかむことができた。レイバーンは籠を引き寄せて、しっかりつかんだ。

「自分で体を持ちあげられる」レイバーンは歯を食いしばっていった。「ひっぱるよういってくれ！」

失敗は許されなかった。レイバーンが籠に膝を入れたとき、グレースは上のふたりに引きあげるよう合図した。

ロープとレイバーンがぎくしゃくした動きで調子を合わせながら、登っていった。ぶらさがっている脚が上昇し、横に並んでいるふたりの手がその上でロープをたぐり寄せているのを、グレースは見ていた。あと二十秒か三十秒でひっぱりあげ、ロープをおろすことができるはずだった。

それよりも手間取った場合、この世で最後に見たのがレイバーンの姿になるのは願い下げだったので、グレースはふりむき、ナイフを抜いて、コルヴェットのほうを向いた。

そのとき、だれかが叫ぶのが聞こえたような気がした。だが、その声はたとえ発せられていたとしても、岩壁が振動するような頭上のけたたましい轟音に呑み込まれた。

40

南アフリカ　イースト・ロンドン
十一月十二日、午前十時七分

庭を抜けて進むとき、ウィリアムズの尻ポケットで携帯電話が振動した。ウィリアムズは携帯電話を出した。ベリーからメールが届いていた。

フォスターに買収されていたイースト・ロンドンの警察官が、共犯者と見られる人物の住所を自白した。ＳＴＦと現場で遭遇する可能性あり。注意しろ。

ＴＡＣ‐Ｐはどうなっているんだと、ウィリアムズは思った。
ＴＡＣ‐Ｐと略される適時警告配布手順は、電子の速さとレーザーの鋭さを兼ね備えた省庁間情報共有プログラムで、情報をもっとも必要としている当事者に情報が届くのが遅れないように組み立てられていた。まさに今回のようなことを避けるための手順なのだ。

ブラック・ワスプは結局、軍が望んでいるような国家安全保障のための秘密兵器ではないのかもしれないと、ウィリアムズは心のなかでつぶやいた。しかし、現場で欠陥を試験するシステムとしては、最前線にいることになる。

この情報は、ブリーンにはあとで教えることにした。ブリーンは、ヴィク・イリングに迎えに来てもらうために位置をメールで伝えているので、注意がそれないほうがいい。

「ローガンとビーチの角にある駐車場を教えました。ここの東です」ブリーンが、指差して教えた。

ふたりは歩きはじめた。ブリーンはタブレットで調べていた。

「空から彼女を見つけられるだろう」ウィリアムズはいった。

「それに、彼女がどこへ向かっているか、一カ所を推測しています」

ウィリアムズは、ブリーンに説明を求めなかった。ふたりで歩きながら、ブリーンがイースト・ロンドンの公式ウェブサイトにある情報を見ていることに、ウィリアムズは気づいた。つまるところ、情報収集でほんとうに肝心なのは、大量のデータを電撃的に浴びせられることではなく、的を射た考えかたで適切な場所を探すことなのだ。

ふたりが到着するのと同時に、ヘリコプターが着陸した。ヴィクが、大きな風防に映っている太陽とおなじくらい明るい笑みを浮かべた。ほっとしているのがありありとわかった。

「全域で飛行許可がおりました」ふたりが乗り込むと、ヴィクがいった。「だから、タイミングは最高ですよ。万事、うまくいったんですね?」無線機を指差した。「パイロット、警察の通信指令、ニュース・チャンネルが――」

「大きな問題ひとつは解決された」ウィリアムズは告げた。

「わーお。そして、おいおい、おれはそれを現場に殺到するレポーターよりも早く知るわけですね。早く女房に話したい」

乗客ふたりがヘッドセットをかけているあいだに、ヘリコプターが上昇した。

「どこへ行きますか?」ヴィクがきいた。

ブリーンは、デジタル地図を見ていた。「R72に沿って、海岸線の側を飛んでもらいたい。小型バイクか自転車が通るような道を」

「だとすると、オールド・トランスカイ・ロードですね。すぐそこです!」

「いや、べつの道だ」ブリーンがいった。秘話モードに切り替えて、ウィリアムズにいった。「MEASEがそこにあるので、やつらは避けるかもしれない。それに、道路が封鎖されている可能性が高い」

「ギャルウェイ・ロードかな」ヴィクがいった。上昇しながら、右のほうを示した。

「あそこですよ」

「よし」ブリーンはいった。

「目的地は？」

「見張りをつづけるが、チャーチ・ストリートに向かう」ブリーンはいった。「バックパックか大きな荷物を積んだバイクに乗っている女を捜している」

「共犯だね」ヴィクが、なるほどという顔でいった。「女房、ぜったいに信じないだろうな」

「ヴィク、高度を下げて、わたしの指示に従ってくれ」ブリーンが注意した。「この共犯は彼女のボスよりも危険で、決意が固いかもしれない」

交通量はすくなく、カティンカとは反対の方向を目指しているようだった。警察やバイクに乗ったパパラッチやレポーターは、病原体があらたに発見された現場に向かっているのだろう。カティンカの家やMEASE本社に。

「わたしの家」カティンカはいった。強い喪失感は、侵害されたという気持ちに置き換わった。フォスターにはいろいろ欠点があり、犯罪を行なってきたが、鷹揚な人間だった。銃を持った男たちはそうではない。

「最初のふたりみたいに、説得することもできたはずよ」カティンカはいった。あのアメリカ人たちも、警察が来たのに驚いていたにちがいない。「どうしてわかったんだろう？　フォスターはものすごく用心深いのに！」

もうどうでもいい。なにもかもどうでもいい。カティンカの新しい計画、古い計画、計画はすべてついえた。家に帰ることすらできないし――。

「わたしは追われることになる」わかり切ったことを、カティンカはつぶやいた。

そうなるのは嫌だった。いまやりたいことは、たったひとつしかない。警察はケトル家のためになにもやってくれなかった。彼女の父親に嫌がらせをして、ボスにも嫌がらせをして、最後に撃ち殺しただけだ。

「やつらは英雄として褒め称えられる。バンの後部に閉じ込められた男を撃ち殺した八人は」

考えれば考えるほど怒りがつのり、制服の男女警官八人がクロード・フォスターのあとを追ってあの世へ行くように仕向けると、カティンカはあらためて決意した。

41

南アフリカ　プリンス・エドワード島
十一月十二日、午後零時十六分

爆音を聞いたとき、グレース・リー中尉は、両腕を脇でつっぱり、岩壁に体をつけた。岩がふるえるのが感じられ、コルヴェットの砲弾が当たったのだろうと思い、降り注ぐ岩の破片が体にぶつかるのを予期した。うまくすると、衝撃で破片が外側に吹っ飛び、ほとんどがこの細い岩礁ではなく海に落ちるかもしれない。

だが、岩崩れはなく、爆音は消えたり反響したりしなかった。ずっとつづいていた。

グレースは上を見た。

爆発音ではなく、ヘリコプターのたてる轟音だった。黒いリンクス・ヘリコプターが、轟然と岩棚を越えて、海に向かっていた。まるでヘリコプターではなく、ミサイルのようだった。ヘリコプターは左右に揺れながら、シップ・ロックめがけて落下していた。距離は短かったが、かなり手前で機首が下がったので、目的の場所まで行き着くかどうかを、グレースは危ぶんだ。だが、水面まで六メートル程度しかなかった最後の瞬間に、リンクスは不意に姿勢を回復して突進し、まるで復讐するかのようにシップ・ロックに襲いかかった。ガラスと金属が飛び散り、機体がギザギザの穴に突っ込んで、はずれたローターが斜めに曲がり、つかのま回転してから、岩にぶつかり、火花を撒き散らしてとまり、バラバラになった。

尾部に亀裂（きれつ）が生じ、ちぎれてＲＨＩＢの上に落ちると同時に、機体の損壊していなかった部分が爆発して、炎が垂直に噴きあがった。ウィリアムズが説明したガスが、その炎によって上昇するのではないかと、グレースは思った。グレースが立っているところでも熱が感じられ、足もとの氷があっというまに溶けてぬかるみになった。

ＲＨＩＢの艇尾は大混乱に陥り、艇首は燃えあがっていた。爆発をおそれたらしく、乗組員が海に跳び込んだ——接近するコルヴェットから、救命具が投げ落とされていた。最後のひとりが手摺を越えたあと、ＲＨＩＢの船体の中ごろから爆発が噴きあがり、まっぷたつに折れて、艇首と艇尾が沈んだ。折れた個所が松明（たいまつ）のように燃え、艇首と艇尾はそのまま水中に突っ立っていた。この時期の卓越風で、黒煙が東に吹き流された。

自分の身を犠牲にして岩の穴をふさいだ人間が、病原体も焼き殺してくれたことを、グレースは願った。さもないと、コルヴェットやＲＨＩＢに乗っていた人間は、すべて死ぬ可能性が高い。

グレースの頭上で銃声が響いた。シップ・ロックへの自爆攻撃に気をとられていたので、上にぶらさがっているロープと籠のことを、グレースはすっかり忘れていた。グレースは、リヴェットがやったように岩壁にしがみつき、マスクをはずして、籠をつかみ、ロープをつかんだ。前哨基地とＲＨＩＢを乗っ取ったせいで腕に疲れがたまっていたが、自分は登れたのにあんたは登れなかったとリヴェットが自慢するのを聞くのは、まっぴらごめんだった。

岩棚に登りつくと、一同が沈痛な面持ちだということに、グレースは気づいた。ファン・トンダーだとおぼしい男が、崖の縁とヘリコプターの着陸用橇（そり）でつぶれたらしい叢（くさむら）とのあいだにひざまずいていた。

「あいつ、黙って飛び去った」そばに来たグレースに、リヴェットがいった。

「やったのはマブザ大尉だったの？」

リヴェットはうなずいた。「ローターがまわる音に中佐が気づいたんだが、とめられなかった。ロープから手を離したら、医官が落ちる」

南アフリカ人の医官は、大きな岩にもたれて、目を伏せていた。グレースはそこへ行く気にはなれなかった。時間もない。前哨基地に連絡して、ここから脱出する手配をしなければならない。

リヴェットがまだ中国の携帯無線機を持っていたので、グレースはそれを受け取り、ファン・トンダーのところへ行った。

「中佐、ほんとうにお気の毒です」グレースは、ファン・トンダーにいった。

「マブザを失ったのはつらいが、こういえる――彼は自分がいるべき場所、操縦装置の前で死んだのだ。ただ、早すぎた。多くのひとびとが、人の道を見失ったせいで」

「無念です。でも、燃やすのが解決法だとしたら、彼はこの病原体を根絶やしにしました」

ファン・トンダーは、マスクをはずして立ちあがった。「きみに祝福を、ティト」

岩棚の向こうで燃えている断崖に向けていった。

そのとき、全員が西の崖に目を向けた。最後の尾根を越えて、重い足どりでひとりの男が近づいてくる。ライアン・ブルーアが、四人に目を向け、レイバーン医官をちらりと見てから、グレースに視線を据えた。

「きみがやったんだね」ブルーアはいった。「中国のＲＨＩＢから取り戻したんだ」

「どうにかかね」リヴェットはそういって近づいた。

「わたしたちがひっぱりあげたこの男は、何者だ？」ファン・トンダーがきいた。

「あなたが救った男は、あの病原体を創った人間なのよ」グレースは教えた。

ファン・トンダーが、おなじ南アフリカ海軍の将校であるレイバーンに詰め寄った。ファン・トンダーがまだ持っていたサブマシンガンで撃つのではないかと、グレースはつかのま思った。

レイバーンは不安気で、恐れているように見えた。

「わたしが部下を救うことができなかったのは、あんたを救ったからだ」ファン・トンダーは、レイバーンにいった。

ささやき声に、それほど激しい怒りの炎がこめられるのを、グレースは聞いたことがなかった。

「わたしは彼を助けるために来たんだ」レイバーンが、弱々しくいった。

「それには失敗したな、ドクター。あんたがどんな邪神を崇めているかしらないが、その判断がわたしではなく軍と神の手に委ねられるときには、そいつに感謝するんだな」

ファン・トンダーはふりむいて、崖のほうへ行き、くすぶっている残骸に向けてひざまずいた。

リヴェットは、いつもとはちがって重々しい表情のグレースを見た。グレースとはちがって、ややこしい道教の世界が頭のなかになくてよかったと思った。リヴェットにしてみれば、この医官も、中国人も、ブラック・ワスプも、自分が育った界隈にいたギャングと似たようなものだった。ちがっているのは、規模、縄張り、勝負に賭けられているものだけだった。

リヴェットは、ブルーアのほうを向いた。「それで、飛行機に乗ってた、尻が凍えてる友人たちはどうなった？」

「パイロットはエンジンを始動できたが、飛ばすのは無理で、水上を航走して、もとの場所に戻るのが精いっぱいだろうね。中国人も乗ったままだ」

「北京は説明するのに苦労するだろうな」リヴェットはいった。

「前哨基地のシスラ少尉を呼び出せるかどうか、やってみて」グレースはいった。

「あなたは無線機を持っているし、いまファン・トンダー中佐の邪魔はしたくない」

「そうだね――わかった。連絡して、迎えを呼んでもらおう。おれたちは一日のあいだに、飛行機や水上機をかなりぶっ壊したし」

グレースはうなずいた。

「でも、やっと座ってブーツを脱ぐとき、ああよかったって思えるのは、なぜだと思う？」

グレースは首をふった。

「いちばんだいじなのが、いまも飛んでるからだ」リヴェットはいった。「二匹のブラック・ワスプがね」

42

南アフリカ　イースト・ロンドン
十一月十二日、午前十時十八分

ターゲットにちがいなかった。女性が小型バイクで突っ走り、後部に大きな荷台があった。おそらく鉱物サンプルを積むためのものだろう。いまは円筒形の容器が、荷台に取り付けたケースにはいっていた。四五メートルほど上空から見ると、大きさも形も、クロード・フォスターのバックパックにはいっていた容器とまったくおなじようだった。

バイクは海岸沿いのエスプラネード・ストリートを走っていた。女性ライダーは、二〇〇メートルうしろのヘリコプターに気づいていないようだった。気づいていたとしても、現場に向かう法執行機関か報道陣だと判断したのだろう。車や船や飛行機で移動している人間は、ほかにはほとんどいない。

「あそこだ」ブリーンがウィリアムズにいって、指差した。

「なにを探せばいい？」

「長方形の長いビル。高速道路沿いにある。イースト・ロンドン警察署」

「そこからＳＴＦチームが出動したんだな？」

「そうです」

「警告しないといけない」ウィリアムズはいった。

「サンプルを渡すために行くのかもしれない。でも、警察は彼女にそんな機会はあたえないでしょう」

「それも警察に伝えよう」ウィリアムズはいった。「少佐、ここは街の中心部だ――教会、六車線の高速道路、オフィス、学校――」

「だから、警察はまず発砲する」

ウィリアムズは、くっきりした既視感を味わっていた。またしてもテロリストを照準器に捉えた。前回は、引き金を引いたときに、優先すべき事柄がわかっていた。あのあと、告解に行ったが――それは打ち明けなかった。

いまもおなじ感情を味わっている。

「どこの脇道にそれても、彼女は高速道路に曲がり込んで警察にはいれる」ブリーンは、ヴィクにも話が聞けるようにした。「ヴィク、たいへんな頼みがある」

「いってみな！」

「R72に着陸してほしい。交通量は多くない――走っている車はびっくりして逃げるだろう」

「だけど――ライセンスを取りあげられて、刑務所に何年もいるはめになるかもしれない」

「英雄にもなる。下のあの女は、病原体入りの最後の容器を持っているんだ。彼女が警察署に突っ込んで蓋をあけ、射殺されるのを阻止したい」

「待て」ウィリアムズはいった。ブリーンの顔を見た。「全能の神みたいに地上に降りたとして、彼女が怯えてその場で容器の蓋をあけないといい切れるか？」

ブリーンは、ポケットから拳銃を出した。「やろうとしたら、彼女を撃つ。ためらわずに」

「それがいい」ヴィクがいった。

「やってくれるか、ヴィク？」ブリーンはきいた。

「おれは英雄じゃないけど、向こう見ずなんだ――エンジントラブルだといえばいいさ」

「あんた、いいやつだな」ブリーンはいった。

ほとんど車が走っていない高速道路に向けてヴィクがヘリの高度を下げ、警察署の西から接近した。道路の一五メートル上でホヴァリングしていると、バイクが東のバッファロー・ストリートから左折した。

「彼女の前に出ろ」ブリーンがいい、カティンカがバイクで突っ走った。

ヘリコプターが降下したときに、車二台がすでに車線を変更していた。ヘリコプターは警察署の正面でさらに降下し、カティンカがバイクの向きを変え、警官が駆け出してきた――だが、署内にいた警官はふたりだけだった。ふたりは拳銃を持っていた。ウィリアムズはヘリコプターのそちら側に乗っていた。

「あのふたりには、わたしが対処する」ヘリコプターが着陸すると、ウィリアムズはいった。

「ヴィク、エンジンを切れ（キル・ジ・エンジン）」ブリーンがいった。

「あんたがいったとおり、殺られちまう（ゲッツ・キルド）には、それでじゅうぶんだな」ヴィクが、冗談まじりにウィリアムズにいった。

「落ち着け」ブリーンが、冷静な声で注意した。

「ああ、ああ、わかってる。それじゃここで待ってる。防弾じゃないでかいガラスのキャノピーの蔭で」

ブリーンは聞いていなかった。ブリーンとウィリアムズは、それぞれの側から降機した――打ち合わせはなにもなかった。ブリーンは、拳銃を腰のうしろでベルトの下に突っ込み、見えないようにしていた。ウィリアムズは拳銃をホルスターに収めたままにしていた。ふたりともターゲットに敵視されるのを避けたかった。ブリーンはためらい、拳銃を座席に置いた。

「少佐？」ウィリアムズは注意した。

「彼女が容器をあけたら、銃弾は役に立たない」ブリーンはいった。だが、それだけではなかった。ブリーンは手間ひまをかけるのがいいと確信していて、銃撃はそれとは相容れない。

銃を恃みにしていても、そうでなくても。

ブリーンは、なにも持っていない両手を挙げて、カティンカのほうへ歩いてった。宣誓証言の際に、何度となく原告や被告人の表情を見つめたときのように、黒い目でカティンカを見据えた。ブリーンは、嘘、告白、中途半端な真実を聞かされる前に、真実を見抜くことができる。

斜めを向いているバイクにまだまたがっていたカティンカは、殺人を犯しかねない感じだった。もともと殺意が強いわけではなく、状況しだいでそうなる。殺人犯が、激情にかられて行なった犯罪について話すのを、ブリーンは見たことがあった。計画し、実行し、五分以内に悔やむのを。

「カティンカ、わたしはSTFたちが来る前にきみの家へ行った人間だ」ブリーンは近づきながら慎重に言葉を選んでいった。味方だということをわかってもらいたかった。

「わたしたちを裏切ったんでしょう?」カティンカが、バイクからおりて、スタンドを立てた。バイクの後部へ行った。

「ちがう!」ブリーンはきっぱりといった。テイルローターがとまり、不意に葬式なみの静けさが訪れた。注意をそらすものはなにもない。ブリーンは両手を下げて、探るように前にのばした。どんな言葉も、どんな仕草も、そのあとの成否を左右する。

「わたしはフォスターさんがやったことには賛成できない。しかし、彼に危害をくわえたくはなかった」

「彼は追い込まれて、こんな恐ろしいことをやったのよ!」カティンカが叫んだ。

「わたしの理解を超えていた……わたしには信じられなかったくらい」

「カティンカ、きみは彼の行為には責任がない。彼の行為の責任を負う必要はない――」

「あのサンプルを渡さなければよかった」カティンカはめそめそ泣きながらいった。容器のそばに立っていた。「わたし……わたしの能力を、彼が認めるはずだと思った。よろこんでくれるだろうって」

「きみはなにも悪いことはやっていない」ブリーンはいった。「聞いているか？　プリンス・エドワード島で起きたこと、〈テリ・ホイール〉で起きたことを、わたしは知っている。すべて事故だった。他人に害がおよぶと、わかっていることを、やってはいけない。わたしはバンのなかを見た――きみはそういう人間ではない、カティンカ」

カティンカの力強い指が容器をつかみ、涙ぐんだ目がそこに向けられた。銃を持った警官ふたりは、障害物なしに狙い撃てるように、ヘリコプターの横へ移動した。

ブリーンがそれを見た。カティンカになおも近づきながら、警官と彼女のあいだにはいるようにした。ウィリアムズもおなじ考えで、カティンカとブリーンのほうへ前進した。

「戻ってください！」警官ひとりがいった。

「わたしは国防軍情報部の関係者だ。そっちこそさがれ」ウィリアムズは、ふりむきもせずに命じた。

警官たちはためらってから、音をたてないように進みつづけた。

「カティンカ、わたしの手を握るんだ」ブリーンがいった。「きみを救いたい」

「彼が救ってくれると思っていたのに」カティンカはつぶやき、コアサンプルの容器からストラップをはずした。

「救ってくれたじゃないか。きみが逃げる時間を稼いだ」

「そうね」カティンカは同意してうなずいてから、泣き出した。「なにもかも失った。なにもない」

「失ったのは過去だけだ。未来はある」ブリーンはカティンカの真向かいにいた。

「いっしょに来てくれ。頼む」

「どこへ？　クロードといっしょにいたい」

カティンカがなにをするかわからず、警官がどう出るかわからなかったので、ブリーンは容器の上に身を投げて、右肩でカティンカを押した。カティンカがよろけて倒れた。フットボールでもつかむように容器を握りしめて、ブリーンは向きを変えた。

「行け！」警官が叫び、駆け出した。

ウィリアムズは警官よりも前にいて、発砲を防ぐために、真っ先にカティンカの上に身を投げた。

ウィリアムズは半身になり、いまでは人数が増えて殺到してくる警官たちのほうを見た。「全員さがれ！　ここはわたしが掌握（しょうあく）している！」

警官たちがカティンカに注意を向けているあいだに、ブリーンは――それがウィリアムズの策略だと気づいた――容器を持ってヘリコプターのところまで行くことができた。

「エンジンを始動しろ、ヴィク」

「あれは……すごかった！」

「ローターをまわせ――早く！」

「イエッサー」

ヘリコプターが低いうなりをあげはじめ、ブリーンがキャノピーから見ていると、ウィリアムズが立ちあがって、カティンカ・ケトルを立たせた。ウィリアムズは片腕をカティンカの肩にまわし、ヘリコプターのほうへ戻らせた。警官の群れから出てきた、プレスのきいた制服を着て制帽をかぶっている女性警官に、ウィリアムズは話しかけた。ウィリアムズからカティンカを引き渡された女性警官が、手をふって全員を遠ざけ、カティンカといっしょに警察署へひきかえした。

ウィリアムズはふりむき、ヘリコプターに向けて走った。

「早くここを離れよう」乗降口を閉めて、ウィリアムズはいった。

ウィリアムズは、ブリーンが調べている容器に目を向けた。裂け目はないようだった。裂け目があったら、みんなとっくに死んでいるはずだ。

「なにも達成できなかったといったことを撤回する」ヘリコプターが上昇するときに、ウィリアムズはそっといった。

眼下では警官たちがバイクのまわりに群がって調べ、ヘリコプターに乗っている男たちが証拠品の毒物を持ち去ったことに気づいた。

「彼女を逮捕した女性警官に、どういう話をしたんですか?」ブリーンがきいた。

「カティンカに手錠をかけたら、情報部のクルメック将軍に申しひらきをしなければならなくなるといったんだ」ウィリアムズは答えた。

ブリーンは、淡い笑いを浮かべた。「感謝します」

「いや、感謝するのはこっちのほうだ。わたしがずっと指揮をとっていたら――」

「ええ。やっちまったな(ウェイ・トゥー・ゴー)」ブリーンが皮肉めかしていった。

「さあ行くぞ(ウェイ・トゥー・ゴー)っていえば――」ヴィクがいった。

「出発したところへ戻る燃料はあるか?」

「ぎりぎりだね。足りなければ銃があるから——道路ですこし拝借しよう」半分体をまわしていった。「冗談だよ、おふたかた。おれのガソリンは満タンさ。じいちゃんのじいちゃんのじいちゃんになるくらい長生きしても、こんな日は二度とめぐってこないだろうな」

「そのほうがいい」ウィリアムズはいった。

「そう願いたいですね」ヘリコプターが海に機首を向けたとき、ブリーンがいった。

43

南アフリカ　プレトリア
ターバ・ツワーニ統合基地
十一月十二日、午前十一時十五分

予告せずにヴィク・イリングのヘリコプターで到着すると、ブリーン少佐はただちに給油して待機していたC-21輸送機へ行った。

ウィリアムズは、所持していた南アフリカの通貨をすべて燃料費としてヴィクに渡し、ヴィクはよろこんで受け取った。

「これで女房をディナーに連れていくよ」ヴィクがうれしそうにいった。「パリへ」

ウィリアムズは笑みを浮かべて、ブリーンに合流した。途中でウィリアムズは、任務が完了し、〝これらすべてを不可欠にした人物〟とともにプレトリアへ戻る途中だという、グレース・リー中尉のメールを受信していた。

ブリーンとともに待つあいだに、ウィリアムズはクルメック将軍に連絡した。ブリーンが聞けるように、スピーカーホンにした。

「おめでとう。きみたちが到着したことを知らされた」クルメックがいった。

「イリングさんは、優秀なパイロットでした。また使うべきです」

「ああ、彼の技倆のことは聞いている。賞状と勲章のどちらをあたえるべきか、警察は迷っている」

「どちらでも彼はよろこぶでしょう。では、イースト・ロンドンから報告があったんですね？」

「たったいま聞いたばかりだ。カティンカ・ケトルのことを話した。〝情報部の人間ふたり〟に拘束されたといっていた」

「その場しのぎの口実です。彼女をどうするつもりですか？」

「まだ決まっていない。法廷が決めた弁護士が事情聴取するのを待っている」

「情状酌量を考えてください」ウィリアムズは促した。「彼女は共犯ではなかったし、雇い主がやったことについて、心から後悔しているようです」

「警察署を攻撃するような感じだったがね」クルメックは指摘した。

「そのつもりだったら、とっくにやっていたでしょう。容器の蓋をあけて投げる時間はじゅうぶんにあった。それに、考えてください、将軍。三十分足らず前にＳＴＦの必殺の一斉射撃にさらされたんです。わたしはさんざん戦闘を見てきましたが、老練な戦士でもそういうことには影響を受けやすい。若い宝石学者には、もっと衝撃的だったでしょう」

「たしかに」クルメックは同意した。「それに、きみたちがこことプリンス・エドワード島でめざましい働きをしたことも考え合わせて、手助けしよう。彼らは南アフリカ海軍のヘリで戻って来るんだね」

「将軍もよくご存じのレイバーン博士といっしょに。病原体は彼が作り出したんですね？　チームワークでしょう？」

　それを聞いて、ブリーンが眉を寄せた。

「司令官」クルメックがいった。「南アフリカ国内にいるあいだにわたしを脅すというのがきみの意図なら――」

「誤解しないでください、将軍。レイバーン博士は、この病原体のことをだれよりもよく知っているようです。治療法を見つけたいと、わたしの仲間に話しています。そのためにレイバーン博士を支援してほしいというのが、わたしの意図です。レイバーン博士に必要な支援を提供するつもりです。わたしが手に入れたサンプルたちが研究して突き止めたことも含めて」

「レイバーン博士が、自分の研究のためにそれを要求するだろう。そのほかのサンプルはすべて破棄されたと思うが」

「そんなことはないでしょう」ウィリアムズはいった。「休止状態のサンプルが体内にある犠牲者が何十人もいる。そのサンプルを再築し、複製できるはずです。この生きているサンプルは必要ないでしょう」

「だが、ワシントンDCはそれがほしいんじゃないのか？　きみは勇猛な古株の軍人だろう。きみがわたしのオフィスのドアからはいってきたとき、すぐにわかった。北京とおなじことをやるにちがいない――治療法を見つけるのは、兵器化のためだ」

「そうかもしれない。しかし、あなたがたはモスクワに対してドアをあけた。彼らはすでに、イースト・ロンドンの法医学責任者の電話を盗聴し、コンピューターにハッキングで侵入しているでしょう。北京もおなじことをやり、われわれの国防総省もやっているかもしれない。すくなくともわたしたちは――わたしは明確に約束します――発見したことを、あなたがたやレイバーン博士と共有します。だれもこれがどこから出現したかを知る必要はない。二度とこれが起こらないようにする力があるのはだれか、ということのほうが重要です」

ブリーンが、また眉根を寄せた。

ウィリアムズは薄笑いを浮かべ、電話を保留にした。「そう。これは脅しだ。しかし、それをどう利用するかを、わたしは承知していた」

クルメック将軍は納得したらしく、ウィリアムズの提案に同意した。そのあとでクルメックが急いで電話を切ろうとしたのは、イースト・ロンドンの法医学責任者のコンピューターの秘密保全を強化する指示を出すためにちがいないと、ウィリアムズとブリーンは思った。

ウィリアムズは電話を終え、クッションの薄い座席にゆったりと座った。ブリーンはまだ非難するような目つきだった。

「サンプルを取り戻すべきだったとは思わないのか？」

「取り戻すべきだったと思っていますよ」ブリーンはいった。「相互確証破壊は、まちがいなく必要な判断でしょう。ただ、好きではないだけです」

「反論はできない」ウィリアムズは立ちあがった。「しかし、グレースとリヴェットがここに来るまで、まだ何時間かある——調理室（ギャレー）にふたりが食べるものがあるかどうかたしかめてから、ひと眠りする」

「意見が一致してよかった、ウィリアムズさん」

「そうだな」ウィリアムズは笑みを浮かべた。

ウィリアムズは、それにつづけていいたいことを呑み込んだ。意見の一致というのは、外交的な考えかただ。まちがっているというのは、倫理的な考えかただ。サーレヒーのときも、今回のカティンカのことでも、ふたりは合法的でなおかつ道徳を重んじる行動指針を選んでいたかもしれない。

意見が一致するのはいいが、そうではないときのほうが、学ぶことは多い。ふたりで機首のほうへ歩きながら、ウィリアムズはそう思った。

44

ワシントンDC　オーヴァル・オフィス
十一月十三日、午前六時五十分

「わたしの就任演説のこの言葉を、だれか憶えているかな?」会議テーブルを囲んでいた三人に、ミドキフはきいた。「〝力による脅迫はつねに、同情のささやきに屈するものだ〟」

ジョン・ライト次期大統領と、マット・ベリーはうなずいた。チェイス・ウィリアムズは態度を明らかにしなかった。どのみち答を求める質問ではなかった。

ミドキフ大統領は、ベリーと並んで向かいに座っていたウィリアムズを、じっと見た。

「司令官、きみのチームはすばらしい働きをした。ブリーン少佐、リー中尉、リヴェット兵長に会うのが楽しみだ」

「彼らもおふたりにお目にかかるのを楽しみにしています」ウィリアムズは、ミドキフから、顎が角張っていて、長身で白髪交じりの次期大統領に視線を移した。

ブラック・ワスプ・チームは、空路で帰国した。ベリーが迎えにきていて、早朝だったので、そのままホワイトハウスとはラファイエット・パークを挟んですぐ北にあるヘイ・アダムズ・ホテルに連れていった。ベリーはコアサンプルを預かり、疾病予防管理センターのチームが、それをＨＡＺＭＡＴコンテナに収めた。

「これは軍ではない機関にあずけるのがいちばんいいと思う」ベリーはいった。「大統領がまもなく交替するので、細かいことにはこだわらないのがさいわいだ」

チームはびっくりするくらい元気溌剌としていた。機内で睡眠をとり、イエメンの任務後とおなじように、たがいに事後報告を行なった。裏付けをとったり、話を合わせたりするためではなく、自分たちが学んだことや感じたことを打ち明けるためだった。たいがいの将兵には、指揮系統が厳しくなくくつろいだ環境で、そういうことを表明する機会がない。

四人のなかで、グレースがもっとも気が収まらないようだった。レイバーンを残してきたのが気に入らなかったのだ。

「ファン・トンダー中佐のために、レイバーンを拘束して、耐えがたい苦痛を味わわせたかった——そういう状態で、アメリカに連行したかった」

「きみならどうしていた?」ブリーンがきいた。

「口に一発撃ち込む」リヴェットがいった。

「わからない」グレースは答えた。「あの中佐——苦しんでいるようだったし、一生苦しむでしょう」

「やるべきではない」ウィリアムズはいった。「そんなことをやれば、きみはマブザ大尉ではなくレイバーンになってしまう」

それでもグレースは気が静まらないようだった。グレースの不満のほんとうの原因は、自分を悩ませているのとおなじことではないかと、ウィリアムズは思った。自分たちがずっと最後までやってきたことを、だれかに引き継がなければならなかったからなのだ。


できれば、ミドキフ大統領とライト次期大統領に会うことで、そういう感情が和らぐことを願った。それに、任務中ではないときに四人が揃うのは、これがはじめてだった。それに、ブラック・ワスプの存在が公式に認められることにもなる。徹底的な成功ではなかったのなら、イエメンの場合とおなじように、ブラック・ワスプ・プログラムに疑問が呈されるはずだった。

「ライト知事、このたぐいまれな部隊を思う存分、活用してもらえると、たいへんうれしい」大統領は話をつづけた。「余分な兵器装備を使うのではなく、戦術に長けた経験豊富な技倆を現場に投入する必要があると、将軍たちを説得してもらえれば、いっそうありがたい」

「わたしたちはそれをいっそう必要とするでしょう」ライトはいった――かなり確信をこめた。

「そうおっしゃる理由はなんですか？」ウィリアムズはきいた。

次期大統領は、それまで脚を組んで座っていた。それがいま身を乗り出した。敬意を要求する強い視線でカメラをまっすぐ見つめるときとおなじだと、ウィリアムズは思った。

「なぜなら、きみのチームは、中国、ロシア、その他の国々に、彼らになにができるか見守っている国があることを示したからだ」ライトはいった。「各国の指導部が、それに気づかないわけがない――それに対応するだろう。ベリー君、任期が終わった後も、このプログラムの仲介人として働くことを考えてくれないか」

「とても光栄です」ベリーは答えた。

大統領が立ちあがった。「ウィリアムズ司令官、きみのチームは応接間でそわそわしているんじゃないか。呼び入れたらどうだ」

「よろこんで」ウィリアムズは答えた。

本心だった。

勇猛な古株の軍人であるウィリアムズは、潑溂とした足どりで、オーヴァル・オフィスのドアへ歩いていった。大統領と次期大統領とマット・ベリーも立ちあがってつづいた。

訳者あとがき

人類は大昔から、さまざまな感染症を経験してきた。天然痘、ペスト、二十世紀にはいってからはスペイン風邪などと呼ばれた新型インフルエンザ、エイズ、SARS、そして今回の新型コロナウイルス。

こうして何度もパンデミックが起きている以上、基本的な知識として、ウイルスと細菌のちがいは心得ておくべきだろう。この両者については、まだ解明されていないことが多いが、細菌に対しては抗生物質や抗菌薬のようなある程度有効な治療薬がある。しかし、ウイルスに対する有効な治療薬は乏しい。抗ウイルス薬はあるが、現状では、ワクチンで予防するのが精いっぱいというところだろう。

本書『殺戮の軍神』では、南アフリカの離島プリンス・エドワード諸島を源として、謎の病原体によるおそろしい事件が発生する。しかも、この病原体はすさまじい速さで空気感染する。バイオテロの疑いも持たれた。付近には中国の軍艦もいて、病原体の兵器化をもくろみ、サンプルを採取しようとしていた。

チェイス・ウィリアムズ、ハミルトン・ブリーン陸軍少佐、グレース・リー陸軍中尉、ジャズ・リヴェット海兵隊兵長の四人から成るブラック・ワスプは、南アフリカとプリンス・エドワード島へ行くよう命じられた。だが、状況が不透明なので、出動した時点での指令は明確ではなかった。

前作『ブラック・ワスプ出動指令』でオプ・センターは解隊となり、独立して行動するブラック・ワスプが発足した。情報を迅速に分析、提供する支援部門がなく、指揮系統も曖昧なため、当初、ウィリアムズはとまどいをおぼえるが、型にはまっていないのがブラック・ワスプの利点で、四人それぞれの長所が活かされていることがしだいにわかる。

今回は、ミドキフ大統領の党が選挙で敗北し、次期大統領が決定しているという微妙なタイミングで任務を遂行しなければならない。だが、中国古代の武術の達人であるグレースと射撃名人のリヴェットは、そんな政治は意に介していなかった。南アフリカ側との折衝などはウィリアムズとブリーンが行なう。したがって、今回はふたりずつ二方面でそれぞれの任務を進めることになった。

かつてのオプ・センターは、軍事行動には特殊部隊チームを用いていたが、彼らは優秀な戦闘員ではあるものの、チームワークの枠をはずれることができない。たとえ巧妙な振り付けのような動きが決められていて、それに習熟していても、チームとして能力そのものが限界になる。いっぽう、いくら超人的でも、ひとりの活動には物理的にできることが限られている。ブラック・ワスプは、その両面を熟慮して——いや、むしろ熟慮せずに——創り出された。

本書を読むと、ブラック・ワスプのそういう存在価値がよくわかる。最新鋭の兵器や装備を備えた大規模な軍隊は、図体が大きいだけに機敏な動きができない。意思決定が遅く、作戦行動を読まれやすい。しかし、ブンブン飛びまわる雀蜂は、敵にとってかなり厄介な存在なのだ。そして、四人それぞれの個性がプラスの作用を生み出している。それによって生まれたスピーディな展開が、ブラック・ワスプ（すでにシリーズか？）の読みどころだろう。

二〇二三年七月

◉訳者紹介　**伏見威蕃（ふしみ　いわん）**
翻訳家。早稲田大学商学部卒。訳書に、クランシー『ブラック・ワスプ出動指令』、カッスラー『地獄の焼き討ち船を撃沈せよ！』（以上、扶桑社ミステリー）、グリーニー『暗殺者の回想』（早川書房）、ウッドワード『RAGE 怒り』（日本経済新聞出版）他。

殺戮の軍神（下）

発行日　2023年8月10日　初版第1刷発行

著　者　トム・クランシー&スティーヴ・ピチェニック
訳　者　伏見威蕃

発行者　小池英彦
発行所　株式会社 扶桑社
〒105-8070
東京都港区芝浦1-1-1　浜松町ビルディング
電話　03-6368-8870(編集)
03-6368-8891(郵便室)
www.fusosha.co.jp

印刷・製本　図書印刷株式会社

Printed in Japan
ISBN 978-4-594-09551-2　C0197